Allan Mc Kenzie

Die Ankunft

Ein Western

Herstellung und Verlag:
BoD - Books on Demand, Norderstedt
ISBN 978-3-7386-0892-2

Er lag hinter dem Brunnen dieser gottverlassenen Ranch inmitten der Wüste und die Sonne brannte heiß auf ihn herab. Wann immer er sich rührte, zog eine Kugel eine heiße Spur über die Tränke. Sie schlugen in die Scheune dahinter, oder machten kleine Fontänen in den Sand. Ab und zu bohrten sie sich auch mit einem dumpfen Schlag in das Holz des Brunnens.
Der Schweiß lief Allan McKenzie hinter den Kleidern den Körper hinunter. Seine Peacemaker mit den handgeschnitzten Walnussgriffen lag schwer in seiner Hand.
Die Burschen da drüben im Haupthaus verstanden ihr Geschäft, soviel stand fest. Das waren keine Anfänger! Vier ruhten sich aus, während ihn zwei mit ihren Winchestergewehren am Brunnen festnagelten.

„Das hast Du Dir wohl anders vorgestellt Mc Kenzie. Erst meinen Bruder umlegen und dann ungestraft verschwinden!"

„Dein Bruder hat sich das selbst zuzuschreiben Henson und Du weißt das!"

Als Antwort fauchten wieder zwei Kugeln über seinen Kopf hinweg.

„Hör auf die Munition zu verschwenden!", hörte Mc Kenzie eine andere, viel jünger klingende Stimme.

„Pa wird bald hier sein!"

McKenzie sah zum Himmel hinauf. Die Sonne würde noch Stunden brauchen bevor sie verschwand und er brauchte den Schutz der Nacht, um von hier wegzukommen!

Immer waren die Männer die man erschoss Brüder von anderen Männern, oder Söhne, oder beides. Deshalb zog McKenzie, selbst in seinem Gewerbe, nie leichtfertig seinen Colt. Das Leben hier draußen war hart genug und

nichts war es wert, dass man es mit einer Kugel beendete.
Dieser Joe Henson war ein Hitzkopf gewesen, - sicher und er war beidhändig. Deshalb konnte es sich McKenzie auch nicht erlauben, ihm in den Arm zu schießen, als er mit hochrotem Kopf vom Pokertisch aufsprang und zu den Colts griff. Er hatte sie schon in der Hand, als ihn McKenzies Kugel umriss. Noch immer sah er Henson ungläubiges Gesicht, bevor er auf dem Holzboden aufschlug.
„Diese Hohlköpfe", dachte er, "keiner glaubt daran, dass es ihn erwischen könnte. Sie halten sich alle für unsterblich!"
Und dann lagen sie da, mit den Löchern in den Körpern oder Köpfen und hatten das Leben beendet, noch bevor es richtig angefangen hatte.
Fieberheiße Erinnerungen tanzten durch Mc Kenzies übermüdetes Gehirn. Sein Bruder - vor ihm auf dem Rücken liegend - die Augen

starr in den Himmel gerichtet. In seinem Rücken ein großes Loch, das er nicht sehen konnte. Fast sah es aus als schliefe er.

„Und wofür?" Mc Kenzie lachte bitter auf. Nur damit ein paar Viehbarone ihre viel zu großen, viel zu saftigen Weiden behalten konnten. Es war im ganzen Land das Gleiche: Die Grundbesitzer mieteten oder kauften sich Burschen wie ihn, um ein paar arme Teufel, die bisher das Land bearbeitet hatten zu vertreiben, nachdem ein paar Winkeladvokaten ein Dreh gefunden hatten, das alles als rechtmäßig erscheinen zu lassen.

Mc Kenzie wusste wovon er sprach, schließlich war es seiner Familie genau so ergangen. Da hatten er und seiner Bruder eben beschlossen, für die starke Seite zu arbeiten, um einen Teil des Kuchens abzubekommen. Allerdings ließen sie Tom Pherson, so hieß der Kerl, der ihnen das Land

weggenommen hatte, vorher noch teuer bezahlen. Später in Phoenix schossen sie dann Bud Mc Kenzie, seinem Bruder in den Rücken. Er war sofort tot. Seine Mörder lebten noch genau zwei Stunden. Und dann hatte er ein Angebot bekommen - am Ende der Welt - mitten in dieser verfluchten, gnadenlosen Wüste. Er hatte angenommen und jetzt war alles schief gelaufen!
„Lass uns reden Henson", rief er zum Stall hinüber.
Es kam keine Antwort.
Mc Kenzie konnte von seinem Platz aus hervorragend in die Sonora hinaussehen, wo eine fieberheiße Luft Trugbilder über den Sand zauberte. Diese Wüste konnte einem Mann den Verstand rauben. Sie war von unglaublicher Schönheit kurz bevor die Sonne aufging und kurz bevor sie unterging. Dazwischen war nur Hitze. Glühend heiße Hitze, die einen das Meer sehen ließ, wo es nur Sand gab, oder Städte,

oder ein Tier wie ein Krokodil, das er noch nie zuvor gesehen hatte. Und in diese Wüste würde er fliehen müssen, wenn er überleben wollte!

Wenn man so lange in der Wildnis, oder den kleinen Towns hier draußen gelebt hat, dann entwickelt man ein Gespür für die Gefahr. Eine Sidewinder hinter dem nächsten Busch, zwei aufmerksame Augen die einen beobachteten, oder einfach nur die Spannung von zwei Betrunkenen, bevor sie aufeinander losgehen, das alles hinterlässt ein ungutes Gefühl, eine körperliche Wahrnehmung die man nicht erklären kann, die einfach da ist. Genau dieses Gefühl machte Mc Kenzie nach einer Weile hellwach. Da drüben tat sich etwas! Blitzschnell rollte er sich an das

andere Ende des Brunnens und verschaffte sich damit die Sekundenbruchteile die er brauchte um zu reagieren.
Zweimal bäumte sich der Peacemaker in seiner Hand auf und der Kerl, den er im flimmernden Wüstensand nur als wabernde Silhouette sehen konnte, drehte sich stöhnend um seine eigene Achse und blieb regungslos liegen. Der andere der Burschen war geschickter. Er lief ein Stück in die Wüste hinaus um dann - immer außer Schussweite – in einem großen Bogen, die Hinterseite der Scheune zu erreichen, die genau zwischen Mc Kenzie und der Wüste und vor allem in seinem Rücken lag. Wenn er das schaffte, war er verloren!
Der Bursche schien es nicht eilig zu haben. Er war von hier aus nicht mehr als eine schwarze, wabernde Komtur, die zerfloss und sich dann wieder zusammensetzte. Mc Kenzie glaubte jedoch er-

kennen zu können, dass er ein Gewehr bei sich hatte.

Sein Gehirn begann fieberhaft zu arbeiten. Er hatte noch keine Lust zu sterben. Nicht auf dieser kleinen, verlassenen Ranch inmitten eines trostlosen, endlosen Sandmeeres!

Die heiße Luft ließ die Koppel auf seiner rechten Seite seltsam verzerrt erscheinen. Das verwitterte Holz schien auf und ab zu schweben, um nach wenigen Augenblicken wieder an seinen alten Platz zurück zu kehren. Vor ihm das langgestreckte, niedere Haupthaus, das die gleiche, dunkelgelbe Färbung hatte, wie dieses endlose, gnadenlose Wüste, die sie umgab.

Mc Kenzie hatte sich schon immer gefragt, wie man in diesem Glutofen überhaupt eine Farm betreiben konnte.

„Die Scheune muss weg", dachte er, aber wie?

Die in der Hitze flimmernde Gestalt war schon fast aus Mc Kenzies Gesichtsfeld verschwunden und er hatte

noch immer keine Idee. Es hatte monatelang nicht geregnet, alles war knochentrocken, so dass dieser Holzverschlag mit einem kleinen Funken in Brand zu setzen wäre. Aber er konnte schlecht aufstehen und eine Streichholz in das Stroh da drüben werfen!
In jeder Scheune, in jedem Stall gab es mit Sicherheit eine Petroleumlampe, aber wo?
Mc Kenzie versuchte durch die Fenster, des etwa 50 Yards entfernten Gebäudes zu schauen, aber die Scheiben waren blind. Er zerschoss sie.
„Heh Mc Kenzie, da ist niemand, siehst Du schon Gespenster Mann?"
„Die Hölle soll Dich fressen Mc Kenzie!", brüllte ein Anderer, "Du hast gerade meinen Freund umgelegt!"
Durch die zerschossene Scheibe konnte er jetzt im Halbdunkel der Scheune ein Brandeisen sehen, das an einem Balken hing. Es würde

Funken schlagen wenn er es mit seiner Peacemaker erwischte und mit etwas Glück lag Stroh, oder ähnlich leicht entzündbares Material in der Nähe.

Mc Kenzie begann seinen Sechsschüsser abzufeuern. Das Eisen funkte und wackelte und fiel dann vom Haken.

„Damned", dachte Mc Kenzie, „jetzt ist es aus!"

Etwa 10 Sekunden später sah er einen leichten Feuerschein im Dunkel des Gebäudes flackern. Wilde Freude stieg in ihm auf: Das Hufeisen hatte Funken geschlagen, die das Stroh, oder das Holz entzündet hatten!

„Brenne verdammt noch mal, brenne!"

Und die Scheune brannte so schnell, wie er noch nie ein Gebäude hatte brennen sehen. Das trockene Holz knallte und donnerte wie Kanonenschüsse. Die Hitze nahm schlagartig noch mehr zu und dunkle Rauchschwaden zogen in den Himmel.

„Du verdammter Hund!", schrie der Ältere der Hensons, "wir kriegen Dich noch und wenn es die ganze Woche dauert!"

Mc Kenzie wusste, dass die brennende Scheune sein Problem nicht dauerhaft löste. Wenn Hensons Mann ein Gewehr dabei hatte und die Scheune erst einmal weggebrannt war, konnte es sein, dass der Kerl ein freies Schussfeld bekam. Mc Kenzie hatte nur die Peacemaker und eine kleine Smith & Wesson in der Innenseite seiner Jacke, aber das reichte nicht aus, um an einen Mann mit einem Gewehr heranzukommen. Außerdem konnte er durch das Prasseln und Krachen des Holzes nichts mehr hören. Er musste einen Blick riskieren!

Mc Kenzie steckte seinen Stetson auf den Lauf seiner Peacemaker und hob ihn leicht über den Brunnenrand. Die Schüsse waren durch den Lärm des Brandes kaum zu hören, aber der Hut be-

gann im Luftzug der Kugeln zu tanzen. Er schaute blitzschnell zum Haupthaus hinüber. Außer zwei Gewehrläufen, die aus zerschlagenen Scheiben ragten, war nichts zu sehen. Mc Kenzie nahm den Hut herunter und feuerte zweimal in das zerborstene Glas. Ein Gewehrlauf verschwand für einen Moment, was Mc Kenzie dazu nutzte, den Hut ins Wasser zu tauchen und etwas zu trinken.
Seine Lage wurde immer unangenehmer. Die Hitze machte ihm zu schaffen und er hatte seit zwei Tagen nichts Vernünftiges mehr gegessen. Sein Pferd mit dem getrockneten Fleisch in den Satteltaschen und seinem Gewehr war in die Sonora hinausgelaufen, als er sich blitzschnell aus dem Sattel werfen musste. Die Sonne würde noch Stunden brauchen, bevor sie hinter dem Horizont verschwand.

Eine halbe Stunde später brach die Scheune krachend in sich zusammen. Staub, Ruß und Funken nahmen Mc Kenzie für eine Weile die Luft - aber es war nicht genug Ruß, nicht genug Staub um verschwinden zu können. Dann glomm das Feuer noch eine Weile und erlosch. Es wurde wieder still. Der Wind blies ein wenig und verwirbelte die träge, heiße Luft. Ab und zu knackte noch ein Stückchen verkohltes Holz, oder er hörte die Stimme der Männer, die sich drüben im Haupthaus unterhielten.
Mc Kenzie sah, wie sich der Mann wieder im großen Bogen auf den Weg machte. In der Armbeuge hielt er ein Gewehr, daran konnte es keinen Zweifel mehr geben. Mc Kenzie seufzte. Es würde zwar noch bis zum Abend dauern, bis die heiße Luft über den Trümmern der Scheune so stillstand, dass ein genauer Schuss möglich war, aber von jetzt an war

alles nur noch eine Frage der Zeit.

Da hörte er Hufschlag. Es mussten über zehn Pferde sein, die da in den Hof der Ranch einritten. Die Männer sprachen miteinander und schienen nicht ganz einer Meinung zu sein.

Schließlich rief einer von ihnen mit schneidender Stimme:

„Mc Kenzie, Allan Mc Kenzie!"

„Ja."

„Werfen Sie den Colt weg und kommen Sie mit erhobenen Händen hinter dem verdammten Brunnen vor!"

„Sie können ja kommen und mich holen Mister!", rief Mc Kenzie zurück.

„Ich bin hier der Sheriff und dass ich komme wird nicht nötig sein. Ein zwei Stangen Dynamit tun es auch!"

„Das geht wenigstens schneller als hängen!", rief Mc Kenzie zurück.

„Du Schwein hast es auch nicht anders verdient!", schrie eine der Stimmen von vorhin und überschlug sich fast dabei. "Komm endlich raus, damit ich Dir die Eingeweide herausreißen kann!"

„Keiner reißt hier irgendwem die Eingeweide heraus Buck. Nicht so lange ich Sheriff bin. Und Du Henson nimmst am besten Deine Söhne an die Leine, denn ich lege jeden um, der ohne mich zu fragen einen Schuss abfeuert!"

„Steckt Eure Schießeisen weg", brummte daraufhin eine tiefe Stimme. „Der Kerl kriegt, so wie es aussieht einen Prozess und dann sehen wir weiter!"

„Hatte Joe einen Prozess Dad?", kreischte die Stimme wieder.

„Dieses Dreckschwein hat ihn einfach umgelegt!"

„Nicht ohne Grund, wie ich gehört habe", erwiderte der Sheriff, "aber das zu beurteilen ist Sache des Richters!"

Die dunkle Gestalt draußen in der Wüste war auf Gewehrschussweite herangekommen und begann zu feuern.

Mc Kenzie hörte den Schuss erst, als ihm die Kugel bereits den linken Oberarm durchbohrt hatte. Zuerst spürte er nur den Schlag und dann fing es höllisch an zu brennen. Wenn er hier liegen blieb, war er in den nächsten Sekunden ein toter Mann!

„Ich komm jetzt raus Sheriff!", rief er.

„Ok, aber schön langsam und die Hände nach oben, so dass ich sie sehen kann!"

Die nächste Kugel verfehlte ihn nur knapp.

„Damned, wie kann einer auf die Entfernung, trotz der flirrenden Luft, noch so genau schießen?", fragte er sich und warf seinen Peacemaker über den Brunnen.

Mühsam rappelte er sich nach oben und schwankte auf die Stallungen zu. Sein Arm brannte wie Feuer und das Blut vermischte sich mit dem Schweiß, der in den Sand tropfte. Mc Kenzie konnte sich kaum mehr auf den Beinen halten.

Der Sheriff war ein hagerer braungebrannter Bursche mit blitzenden Augen, der es nicht einmal für nötig hielt einen der tiefhängenden Colts zu ziehen.
„Sag einer diesem Mistkerl da draußen er soll mit dem Geballere aufhören, der Mann hier ist mein Gefangener!", war das Letzte was Allan Mc Kenzie hörte, als ihn die nächste Kugel umriss.

Als er wieder zu sich kam, lag er in einem abgedunkelten Raum. Er hielt die Augen noch eine Weile geschlossen und hörte wie auf der Straße ein Fuhrwerk vorbeiholperte, wie Männer sich etwas zuriefen und das Lachen einer Frau. Er hatte von einer alten Mexikanerin geträumt, die etwas murmelte - immer wieder - und er hatte den Eindruck gehabt es unbedingt verstehen zu müssen.

Seine Augen gewöhnten sich langsam an das Licht. Er versuchte sich zu bewegen und begann sich vorsichtig abzutasten. Sein linker Arm war bandagiert, aber die Hand schien in Ordnung zu sein. Seine Schulter tat höllisch weh und als er versuchte sich aufzusetzen, wurde ihm schwarz vor Augen.

„Das würde ich noch sein lassen", sagte eine Frauenstimme neben ihm. "Sie hatten bereits eine Menge Blut verloren bevor der Doc Sie wieder zusammenflicken konnte!"

Mühsam drehte er den Kopf und was er sah, ließ ihm den Atem stocken. Neben ihm, auf einem einfachen Holzstuhl saß eine Frau und nähte. Sie hatte strahlend blaue Augen, soweit er das im Halbdunkel beurteilen konnte. Ihr hübsches ovales Gesicht saß auf einem wunderbar schlanken Hals und das hochgebundene, hellblonde Haar verliehen ihr das Aussehen eines Engels.

„Nora Cunnings", sagte sie und ihre Lippen entblößten eine Reihe makelloser Zähne. „Es freut mich, dass es Ihnen besser geht."

„Was ist passiert, wo bin ich? Ich erinnere mich daran, wie ich auf den Sheriff zugelaufen bin..."

„Tom Foils hat Sie mit seiner Riffle erwischt."

„Aber das ist unmöglich", Allan Mc Kenzie hustete, "viel zu weit", würgte er hervor.

„Warten Sie, ich gebe Ihnen einen Schluck Wasser. Nachher sollten Sie etwas essen, damit Sie wieder zu Kräften kommen."

Er trank das Wasser das sie ihm gab und er genoss den frischen, sauberen Geruch der von ihr ausging.

„Danke Ma'am."

Sie war eine dieser unverbrauchten Schönheiten, wie sie nur eine Wildnis wie diese hervorbringen kann. Widerspenstig, zäh und doch so anmutig wie eine Moriposalilie.

Sie stieß die Läden auf und das Licht flutete in den kleinen, einfach, aber sehr sauber eingerichteten Raum, so dass Mc Kenzie die schmerzenden Augen erst wieder einmal schließen musste.

„Vielen Dank Madam, dass Sie mich bei sich aufgenommen haben!"

„Das habe ich gar nicht", sagte Nora Cunnings mit einem bezaubernden Lächeln. "Wie kann man einen Toten bei sich aufnehmen?"

Sie lachte ein glockenhelles Lachen, als sie sein Gesicht sah.

„Der Doc und ich waren der Meinung, dass wir keine andere Möglichkeit hätten, Sie später heil aus der Stadt zu bringen. Manchmal muss man eben sterben, wenn man leben will!"

„Wie meinen Sie das?"

„Nun, es ist ganz einfach Mister Mc Kenzie. Wenn der alte Henson und seine Söhne mitbekommen, dass Sie am Leben sind, dann ist es aus mit Ihnen. Der Sheriff kann Sie nur so lange schützen, wie Sie in der Stadt sind, sobald Sie jedoch weiterziehen werden Sie umgelegt!"

Die Tür ging auf und ein weißhaariger Mann mit zerfurchtem Gesicht und einem schwarzen Gehrock betrat den Raum.

„Ah", sagte er und hob die braune, zerschlissene Tasche in der rechten Hand in die Höhe.

„Medizin ist doch einfach etwas wunderbares, finden Sie nicht auch Mister Mc Kenzie?"

„Da bin ich Ihrer Meinung Mister..."

„Watson", antwortete der Arzt der kleinen Stadt.

„Die meisten nennen mich einfach Doc."

„Er ist immer noch ziemlich schwach", sagte Nora Cunnings. "Ich versuche ihm gerade ein wenig seine Lage auseinander zu setzen."

„Ah ja, die Lage", lächelte der Doc.

„Jetzt wollen wir aber erst einmal sehen, was Ihre Wunden machen Mister Mc Kenzie!"
„Vielen Dank auch Ihnen", sagte Allan Mc Kenzie, der plötzlich merkte, wie schwach er noch war. "Vielen Dank."
„Da ist er auch schon wieder eingeschlafen", sagte Doc Watson.
„Geben Sie ihm eine kräftige Suppe wenn er wieder aufwacht. Wir müssen schauen, dass er wieder zu Kräften kommt."

Es dauerte noch fast zwei Wochen, bis Allan Mc Kenzie wieder soweit hergestellt war, dass er den Versuch wagen wollte aufzustehen,
„Sie haben eine Beerdigung veranstaltet?"
Doc Watson lächelte gutmütig.

„Sie hatten sogar eine Menge Leute, die am Bonehill um Ihr Grab herumstanden. Die Leute hier wollten den Hensons zeigen, was sie von ihnen halten. Verflucht seien diese Hensons!", schimpfte der Doc plötzlich völlig unerwartet los.

„Regen Sie sich nicht so auf Doc", versuchte ihn Nora Cunnings zu beruhigen. "Wir können daran doch nichts ändern!"

Sie hatten sich Stühle genommen und saßen um Mc Kenzies Bett herum. Er konnte schon wieder aufrecht sitzen und die Wunden verheilten gut.

„Du hast recht Mädchen", sagte Doc Watson und strich sich durch sein schlohweißes Haar.

„Solange es Hank gibt, sind wir wenigstens in der Town einigermaßen sicher."

Mc Kenzie schlug die Bettdecke zurück.

„Nun mal langsam und schön der Reihe nach", sagte er. "Was ist los mit diesen Hensons, und was hat das alles zu bedeuten?"

Doc Watson brummte und kratzte sich am Kopf.

„Will Henson ist der Kopf des Clans", sagte er dann gedehnt. „Er und seine Söhne haben vor etwa fünf Monaten die Sliderranch übernommen, nachdem Fred Slider plötzlich, über Nacht, einen Vertrag unterschrieben hatte, den er tags zuvor noch gar nicht unterschreiben wollte."

Der Doc seufzte. „Früher haben die Geschichtenerzähler etwas zu trinken gekriegt!"

Nora lächelte und stand auf, um den Whiskey zu holen.

„Das Besondere an der Sliderranch ist, dass sie Wasser hat und zwar viel Wasser. Sie wird durch das Schmelzwasser des Gebirgsmassivs versorgt und ist somit nicht auf Regen angewiesen", erklärte Nora Cunnings, als sie mit der Flasche zurückgekehrt war.

„Das ist hier in dieser verfluchten Wüste dasselbe, als

ob sie Gold gefunden hätten!", ergänzte Doc Watson.

Nora nickte. „Die ganzen Rancher in der Gegend brauchen im Hochsommer dieses Wasser und sowohl der alte Slider, als auch jetzt Will Henson, lassen sich das teuer bezahlen!"

Je mehr Mc Kenzie diese Frau ansah, desto mehr fühlte er sich zu ihr hingezogen.

„Genau", nickte Doc Watson.

„Es regnet hier fast nie", ergänzte die blonde Frau bitter.

Allan Mc Kenzie streckte vorsichtig seine Beine über den Bettrand. Er bedeckte sich mit der Decke und sah sich in dem kleinen Raum mit der Kommode, dem kleinen Tisch und dem wuchtigen Schrank um.

„Was soll das geben Mister Mc Kenzie?", protestierte Doc Watson. „Sie sind noch nicht soweit!"

„Erzählen Sie weiter", sagte Mc Kenzie ruhig und spannte seine Muskeln, "kümmern Sie sich nicht um mich!"

Aus den Augenwinkeln heraus sah er, wie ihn Nora Cunnings von oben bis unten musterte. Vorsichtig suchte er mit den Fußsohlen den Boden und stellte sich dann ächzend aufrecht.

Doc Watson sah ihm aufmerksam zu.

„Das Schlimmste ist, dass sich die Hensons wie Könige aufführen und den Kleinranchern im Sommer das letzte Geld abnehmen, das sie sich mit einem höllischen Viehtrieb im Herbst mühsam verdient haben! Das geht nun schon Jahr für Jahr so. Sie mästen und pflegen ihre Tiere und verkaufen sie dann zu einem geringen Gewinn von dem sie gerade leben können. Im Sommer kommen dann die Hensons oder Sliders, oder wie immer auch diese Aasgeier heißen mögen und nehmen ihnen dieses Geld wieder ab. Die Farmer und sogar die Großrancher müssen Schulden machen und die Farmen gehören bald mehr der Bank, als den Besitzern selbst."

„Ich verstehe Madam", nickte Mc Kenzie und machte einen Schritt auf den Stuhl zu. „Ungesetzlich ist das allerdings nicht."

„„Weg vom Fenster Mc Kenzie!", rief der Doc besorgt, "vergessen Sie nicht, dass Sie gestorben sind!"

„Es soll sich niemand fragen müssen wen ich da beherberge", erklärte Nora Cunnings.

Mc Kenzie drehte sich um.

„Wie soll das funktionieren? Soll ich bei Nacht und Nebel aus der Stadt verschwinden?"

„Das wird nicht nötig sein", der Doc lachte sein gutmütiges, tiefes Lachen.

„Jetzt wo Sie rasiert sind und Ihnen Nora die Haare geschnitten hat, wird Sie keiner mehr erkennen."

Nora lächelte. „Außerdem habe ich mir erlaubt, Ihre Haare rot zu färben und ich muss sagen, rot steht Ihnen gut!"

Mc Kenzie drehte sich ächzend zu dem kleinen Spiegel, der auf dem Waschtisch stand um. Er hatte tatsächlich Schwierigkeiten sich selbst wieder zu erkennen! Der große, muskulöse Mann, der ihm da mit einem roten Bürstenhaarschnitt entgegenstarrte, war höchstens noch an seinen blauen Augen und an seinen harten Gesichtszügen zu erkennen. Der Rest von Allan Mc Kenzie war unter den kundigen Fingern dieser Frau verschwunden.

„Wir haben Ihre Sachen weggeschmissen, an Ihrem Colt die Walnussschalen ausgetauscht..."

„Sehr umsichtig."

„Hier in diesem Land erkennt man einen Mann auch an seiner Waffe Mister", sagte der Doc.

„Sie haben ein neues Holster, neue Kleider, einen neuen Stetson", zählte Nora Cunnings auf.

„Aber", wollte Mc Kenzie protestieren.

„Sogar neue Stiefel", ergänzte Doc Watson die Aufzählung.
„Mein Mann braucht die Sachen nicht mehr", sagte Nora Cunnings hastig und er sah, wie sie mit den Tränen kämpfte. "Joe Henson, der Mann den Sie erschossen haben, hat ihn ermordet!"

„Na, für einen Toten sehen Sie aber recht gut aus Mister", grinste der Sheriff, als Allan Mc Kenzie ein paar Tage später sein Office betrat.
Hank Hammer war ein Mann um die 35. Allein sein Aussehen hielt viele davon ab, zum Colt zu greifen, wenn es in dieser Stadt Ärger gab, darauf war Mc Kenzie bereit seinen Hut zu verwetten. Zwei stechend blaue Augen über einer schmalen, raubvogelartigen Nase. Dünne, harte Lippen und eine Stimme, die einem durch Mark

und Bein ging. Die Bewegungen Hammers als er sich vom Stuhl erhob und Mc Kenzie die Hand gab, waren katzenhaft. Mc Kenzie sah, dass der Sheriff die Colts sehr tief trug und erinnerte sich, dass ihm das draußen am Brunnen schon aufgefallen war.

„Ich habe von einem Hank Hammer drüben in der Gegend von Phoenix gehört. Das waren nicht zufällig Sie?"

Ein spöttisches Lächeln spielte um Hammers Mundwinkel.

„Wer will das wissen Mister? Sie haben vergessen mir Ihren neuen Namen zu sagen, den alten haben wir schließlich beerdigt!"

„Crown", sagte Mc Kenzie, "Jeff Crown!"

„Dann hören Sie mal Mister Jeff Crown. Es gibt Dinge nach denen fragt man besser nicht!"

Er bot Mc Kenzie einen Stuhl an und zog aus der obersten Schublade seines Schreibtisches eine Flasche Whiskey und zwei Gläser. Bedächtig schenkte er beide randvoll und hob sie nach oben.

„Auf Ihr Wohl Jeff Crown! Möge er länger leben als ein gewisser Allan Mc Kenzie!"

Sie tranken den Whiskey in einem Zug und er brannte ihnen eine heiße Spur bis in den Magen.

„Ich frage ja auch nicht nach einem gewissen Gunman aus Colorado! Und vor allem frage ich diesen Mann nicht, was ihn ausgerechnet in diesen entlegenen Teil der Wüste geführt hat!"

Einen Augenblick lang schienen ihn die blauen Augen von Hank Hammer zu durchbohren, doch dann lächelte der Sheriff wieder.

„Wie Sie vorhin als Neuankömmling in die Stadt geritten sind, war grandios, - wo hatten Sie bloß diesen alten Klepper her?", fragte der Sheriff.

Mc Kenzie lächelte und dachte an das Schauspiel, das sie den Bewohnern der

Town heute Morgen geliefert hatten: Doc Watson hatte ihn in aller Frühe durch den Hinterausgang des Hauses in die Wüste hinein geführt. Dort hatte sein Gehilfe mit einem alten Gaul auf ihn gewartet.

„Wo um Himmels Willen haben Sie diese Schindmähre aufgetrieben Doc?", hatte Mc Kenzie ihn gefragt.

„Auf jeden Fall habe ich den Gaul Leuten abgekauft, die aus der Stadt heraus, statt in die Stadt hinein geritten sind und das waren die letzten Tage nicht allzu viele!"

Mc Kenzie verstand.

Watson lachte. „Und nun in den Staub mit Ihnen Mister! Sie sollen schließlich so aussehen, als seien Sie seit Wochen unterwegs!"

Auf jeden Fall schien Watson Vergnügen an der Geschichte gefunden zu haben, das sah man ihm an.

„Der Doc hatte den Klepper einer Gruppe vorbeikommender Mexikaner viel zu teuer abgekauft", beendete

Mc Kenzie seine Erzählung und lachte.

„Jeder Dollar den er dafür bezahlt hat war rausgeschmissenes Geld", grinste Hammer, "aber was soll's, seinen Zweck hat er erfüllt. Willkommen also in unserer kleinen Town Mister Crown. Endlich sind Sie auch offiziell hier angekommen!"

Allan Mc Kenzie sah sich im Büro um. Ein Schreibtisch, ein Wippstuhl, ein paar Fahndungsplakate an der Wand und im Hintergrund drei offenstehende, vergitterte Zellen.

„Nicht gerade eine Nobelherberge", sagte der Sheriff, der seinen Blick bemerkt hatte.

„Ich hab schon Schlimmeres gesehen."

„Darauf wette ich", sagte der Sheriff.

Draußen galoppierten ein paar Reiter vorbei.

„Damned", seufzte Hank Hammer. "Das waren die Söhne vom alten Henson und ihre Cowboys. Heute ist Samstag, da trinken sie bis zur Besinnungslosigkeit und spätestens gegen Mitternacht gibt es wieder Ärger!"

„Einen tollen Job haben Sie da Sheriff", grinste Mc Kenzie.

„Ich könnte Hilfe gebrauchen Mister Crown", sagte der ernst. "In letzter Zeit kommt immer mehr Gesindel in die Stadt und Fred Slider ist auch wieder aufgetaucht."

„Der mit der Ranch?"

Der Sheriff nickte.

„Eine interessante, kleine Stadt dieses Smallville, das muss ich schon sagen Mister Hammer."

„Ich kann es dem alten Slider nicht mal verübeln, dass er nun mit einer Horde von Strauchdieben hier auftaucht. Er will seine Ranch wieder haben, das ist klar", sagte der Sheriff.

„Nach über 5 Monaten?", fragte Mc Kenzie. „Warum ist er nicht schon früher zurückgekommen?"

„Wenn ich das wüsste, Mister Crown, wenn ich das wüsste! Von mir hat er jedenfalls nichts zu erwarten, mir sind die Hände gebunden. Nach Recht und Gesetz gehört das Land nun mal den Hensons!"

„Aber nur mal angenommen Sie hätten es damals Slider mit Gewalt..."

„Mister Crown", unterbrach ihn der Sheriff, "wie wollen Sie das beweisen? Der alte Slider sagt kein Wort und die zwei Zeugen, die den Vertrag mit unterschrieben haben sind tot."

„Unfälle nehme ich an."

Hank Hammer nickte.

„George Stick ist während eines großen Unwetters ertrunken..."

„Ein origineller Tod mitten in der Wüste", warf Mc Kenzie ein.

„Das kann man sagen, und Peter Masterson ist seit Monaten nicht mehr gesehen worden."

„Der könnte doch noch leben?"

„Eher unwahrscheinlich", sagte der Sheriff. "In seinem Haus fehlte rein gar nichts, sogar sein Gewehr stand noch in der Küche und sein Pferd im Stall. Nur er war nicht mehr da. Wo sollte er zu Fuß hingelaufen sein?"

„Irgendwie scheint es, als habe da jemand einen raffinierten Coup geplant."

Hammer nickte.

„Solange ich keine Beweise habe, ist es mein Job die Streithähne so gut auseinander zuhalten wie es eben geht und zu schauen, dass keine Unschuldigen zwischen die Fronten geraten."

Mc Kenzie nickte.

Hank Hammers Augen waren sehr wachsam, als er Mc Kenzie von oben bis unten musterte.

„Sie haben hoffentlich nicht vor sich kaufen zu lassen?"

Mc Kenzie schüttelte den Kopf.

„Keine Sorge Sheriff."

„Das hoffe ich auch sehr für Sie Mister Crown und wie ich vorhin schon sagte, ich könnte Hilfe gebrauchen!"

Mc Kenzie hatte sich einen ruhigen Platz in eine der hinteren Ecken des Saloons genommen. Das heißt, wenn man an einem Samstagabend in diesem übervollen, lärmenden, nach Schweiß und Alkohol stinkenden Raum überhaupt von einem ruhigen Platz reden konnte.
Die Mädchen kreischten, das Pianos hämmerte und Qualmwolken stiegen träge zur Decke Ständig kamen neue Cowboys, die nach dem Besuch eines stadtbekannten Hauses noch Durst hatten und auch an den Pokertischen standen sie in Zweierreihen um sich den nächsten freien Platz zu ergattern. Der Tresen war so voll, dass das Bier durchgereicht werden musste. Alle waren bester Stimmung. Nur eine Gruppe von Männern hielt sich seit Stunden mit dem Feiern zurück. Die Gläser, die vor ihnen standen, waren halbvoll und sie hatten

den ganzen Abend noch kaum ein Wort gewechselt. Ihre Waffen waren auffallend gut gepflegt, die Holster eingefettet, damit die Waffe schneller herauskam und ihre Augen waren kalt. Als jetzt ein Mann auf sie zugelaufen kam und ihnen etwas zuflüsterte, standen sie alle ohne Eile auf und verteilten sich im Raum. Ganz offensichtlich erwarteten sie jemanden. Während Mc Kenzie noch überlegte wer das sein konnte, schwang bereits die Pendeltür nach innen und Hank Hammer stand im Saloon!

Er schlenderte zum Tresen hinüber, wo man ihm respektvoll Platz machte.

„Ein Bier."

„Kommt sofort Mister Hammer." Der rotgesichtige, stämmige Wirt schwitzte. Es war heiß und stickig, auch wenn ab und zu der kalte Wüstenwind hereinblies.

„So, hier Mister Hammer."
„Danke Mel."

Da wusste Mc Kenzie auf wen es die Kerle abgesehen

hatten. Hammer konnte jetzt jede Hilfe gebrauchen die er kriegen konnte. Und schließlich schuldete er ihm noch etwas! Mc Kenzie stand auf und zwängte sich durch die dicht stehenden Gäste zu dem weißhaarigen Gunmen, der ihm am nächsten stand. Der Bursche gab vor, sich brennend für das Pokerspiel vor ihm zu interessieren. Endlich stand Mc Kenzie direkt hinter ihm.
Er zog seine Waffe, die kalt und geräuschlos aus dem eingefetteten Holster glitt. Er wusste, dass nun alles davon abhing keine Aufmerksamkeit zu erregen. Er beugte sich nach vorne, so dass ihn nur der Desperado hören konnte.
„So Mister", knurrte Mc Kenzie und bohrte dem Gunman seinen Colt in den Rücken. "Wir marschieren jetzt ganz ruhig zu Deinem Kumpel da drüben. Wenn Du keinen Ärger machst, hast Du gute Chancen den Morgen noch zu erleben!"

Als der Weißhaarige etwas sagen wollte, drückte ihm Mc Kenzie den Lauf seines Peacemakers schmerzhaft in die Niere.
„Los jetzt!"
Er nahm ihm so unauffällig wie möglich die Schießeisen ab und hoffte, dass er keine weiteren Waffen bei sich trug. Er konnte ihn einfach nicht gründlicher untersuchen ohne Verdacht zu erregen.
„Sheriff!"
Trotz des Lärmes hatte Hank Hammer die Stimme gehört.
Mc Kenzie konnte es nur recht sein, wenn es losging, so brauchte er nicht zu befürchten, dass irgendjemand zu ihm herübersah. Er musste sich den Weg mit Gewalt durch die dichtgedrängten Gäste bahnen, aber Sekunden später hatte er den nächsten erreicht. Es war ein hagerer Kerl, der aus Texas zu kommen schien. Mc Kenzie ließ ihn den Colt seines Kumpans spüren.

„Du hast zwei Möglichkeiten", raunte er dem verdutzten Desperado ins Ohr, "entweder Du bist brav wie Dein Kumpel hier, oder Du machst Schwierigkeiten. Entscheide Dich und zwar schnell!"
Der Hagere rührte sich nicht.
„So Jungs und jetzt schön langsam ins Hinterzimmer!"
Es war verdammt schwer, die Beiden durch die dichtgedrängten und angetrunkenen Cowboys in die richtige Richtung zu dirigieren. Ständig wurde gestoßen und geschoben und die schwitzenden Männer machten nur unwillig Platz.
„Sheriff!"
Lässig drehte sich Hammer in die Richtung aus der die Stimme kam. Die Gäste erschraken und machten eilig Platz.
„Was gibt es Mister?"
„Ich habe gehört, dass es drüben in Phoenix einen Hank Hammer gegeben hat. Sie sind nicht zufällig mit ihm verwandt?"

Im Saloon wurde es still. Der Pianospieler klimperte noch ein paar Takte und schaute dann, dass er aus der Schusslinie kam. Mc Kenzie nutzte die Gelegenheit und zog den beiden Gestalten vor ihm den Colt über den Schädel. Sie fielen wie vom Blitz getroffen auf die staubigen Bretter. Da sie jetzt bereits im hinteren Teil des Raumes waren und alle nach vorne sahen, fiel es niemandem auf.

Mc Kenzie wusste was in Hammers Kopf vorging. Ohne den Sprecher aus den Augen zu lassen würde er versuchen herauszubekommen, ob der Bursche allein war.

Mc Kenzie hoffte, dass Hammer die zwei anderen Killer in dem Gedränge auf der Treppe sah, aber die Chancen dazu waren eher schlecht.

„Warum wollen Sie das wissen Mister?

„Dieser Hank Hammer soll ein übler Bursche gewesen

sein. Er war zwei Wochen im Jail und sollte eigentlich aufgehängt werden. Wäre doch komisch, wenn der gleiche Mann hier als Sheriff arbeiten würde."

Nachdem Mc Kenzie die beiden Gunmen im hinteren Teil des Raumes in die Besenkammer gesperrt hatte, konnte er den Kerl sehen, der sich gerade mit Hank anlegte.

Der Desperado war höchstens 25 Jahre alt. Er wirkte ziemlich nervös und stark herausgeputzt. Das war sicher nicht der Anführer der Bande, aber vielleicht war er der Schnellste von ihnen. Bevor er Hammer zum zweiten Mal anrief, kontrollierte er noch einmal den Sitz seines Hutes und bürstete sich mit der Hand die Ärmel sauber. Selbst jetzt schaute er immer wieder verstohlen zu den Mädchen hinüber.

„Schöne Geschichte Kleiner, aber was hat das mit mir zu tun?"

„Die Zeugenaussagen die diesen Kerl gerettet haben waren falsch!"

„Wer sagt, dass die Aussagen falsch waren?"

„Das sage ich Sheriff."

„Und wer bist Du Kleiner?

Während sich Mc Kenzie mühsam zur Treppe durchzwängte, sah er, wie der Gunman gekränkt zusammenzuckte.

„Ich bin Ed Snake, genannt die Schlange", sagte er stolz.

Hammer zuckte mit den Schultern.

„Noch nie etwas von Dir gehört, Kleiner. Mach es kurz, sag endlich was Du willst, ich habe nicht den ganzen Abend Zeit den Babysitter für Dich zu spielen."

Einige der umstehenden Cowboys lachten.

Mc Kenzie grinste. Bald würde Hammer den Typen soweit haben, dass er wütend wurde. Wenn er das war, hatte Hammer leichtes Spiel.

Aber da waren noch die zwei anderen Burschen auf der Treppe, die gerade dabei waren, sich in die richtige Position zu bringen. Sie trugen unauffällige, graue Anzüge und wirkten für diese Gegend sehr gepflegt.

„Profis", dachte Mackenzie, „und keine von der billigen Sorte!"

Allein wie sie sich aufgestellt und verteilt hatten, sagte mehr als genug über ihre Qualitäten. Das war nicht der erste Job, den sie zusammen durchführten!

„Ich sage noch einmal: Die Zeugenaussagen in Phoenix waren falsch!"

Unruhig trat Ed Snake genannt die Schlange von einem Fuß auf den anderen.

„Trink Deine Milch und geh nach Hause Kleiner", sagte Hammer kalt und seine Stimme ließ sogar Allan Mc Kenzie einen Schauer den Rücken laufen.

Der Rothaarige auf der Treppe, von dem Mc Kenzie noch immer einige Yards entfernt war, sah beunruhigt aus. Irgendetwas schien ihm nicht zu gefallen, vermutlich suchte er seine Companeros die er nicht auf ihren Plätzen sah. Mc Kenzie blieb stehen und tat, als würde ihn das Geschehen da vorne brennend interessieren.

Der Rotschopf machte Ed, genannt die Schlange Snake Zeichen, die der aber nicht sah.

„Das nehmen Sie zurück Mister!"

„Was denn", fragte Hammer scheinheilig.

„Das mit der Milch!"

„Mel, was hatte der Kleine zu trinken?"

„Milch!"

Die Gäste gröhlten. Da zog Ed die Schlange Snake die Colts. Das heißt er versuchte es. Die glänzenden Waffen waren noch nicht halb aus dem Gurt, als der Sheriff bereits feuerte. Was danach passierte, konnte Mc Kenzie nicht sehen. Zu sehr war er damit beschäftigt, dem Rotschopf in dem Gedränge mit einem blitzschnellen Schuss das Lebenslicht auszublasen. Daraufhin brach ein

Tumult los als würde man eine tausenköpfige Bisonherde in wilder Stampede über die Prärie jagen. Hammer wurde geschubst und gestoßen. Er bekam Ellbogen in die Rippen und Knie in den Oberschenkel, so dass er sich kaum auf den Beinen halten konnte. Alle versuchten sich in Sicherheit zu bringen. Der dritte Schuss kam kurz danach und als Mc Kenzie aufsah, fiel der letzte der Burschen gerade über die Balustrade krachend auf den Kneipenboden.

Die zwei Desperados rieben sich die Schädel, machten aber ansonsten keine Schwierigkeiten, als der Sheriff und Mc Kenzie sie getrennt in die Zellen sperrten.
„Danke Mister Crown", sagte der Sheriff. Er reichte ihm die Hand.

„Ohne Sie würde ich jetzt neben einem gewissen Allan Mc Kenzie aus Colorado dort oben auf dem Bonehill liegen."

„Ich fand fünf gegen einen einfach nicht fair."

„Ich denke gegen einen Drink ist jetzt nichts einzuwenden", sagte der Sheriff und stellte die Flasche von heute Morgen mit zwei Gläsern auf den Tisch.

„Auf Ihr Wohl Mister Crown."

Mc Kenzie hob das Glas und sah zu den vergitterten Zellen hinüber in denen die eingesperrten Männer saßen oder lagen.

Da flog die Tür auf und Nora Cunnings kam hereingestürzt. Sie war völlig außer Atem.

„Dem Himmel sei Dank", sagte sie, als sie sah, dass den Männern nichts passiert war und dabei hätte Mc Kenzie schwören können, dass sie eigentlich ihn ansah.

Wenig später kam auch Doc Watson ins Office und genehmigte sich erst mal einen kräftigen Schluck aus der Flasche.

„Mordgesindel", brummte er und schaute wütend zu den Zellen hinüber.

„Mel hat mir alles erzählt. Da hast Du verdammtes Glück gehabt Hank!"

„Sagen wir lieber einen guten Schutzengel."

Hank Hammer zwinkerte Mc Kenzie zu.

„Warum wollten die Dich umbringen Hank?", fragte Nora Cunnings und ihre blauen Augen funkelten. "Wem bist Du im Weg?"

„Tja", Doc Watson fuhr sich bedächtig durch sein schlohweißes Haar, „diese Frage sollten wir möglichst schnell klären, bevor es zu weiteren Zwischenfällen kommt. Viel kommen dafür ja nicht in Frage."

„Henson oder Slider?", fragte Nora Cunnings und ihre hübschen, roten Lippen verdünnten sich zu einem Strich.

Hank Hammer nickte.

„Ich tippe auf Henson. Der alte Slider ist zwar etwas

wunderlich und verdammt geldgierig, aber ein Mörder war er bisher nicht, soviel ich weiß."

Doc Watson nickte nachdenklich.

„Du vergisst, dass er wahrscheinlich der Meinung ist, dass Du damals zu den Hensons gehalten hast."

Der Sheriff sprang auf und hieb mit der Faust wütend durch die Luft.

„Was hätte ich denn machen sollen? Henson hatte den unterschriebenen Vertrag und Zeugen und Slider hat sich nicht bei mir beschwert. Was also hätte ich tun können?"

„Nichts", sagte Nora Cunnings und sah zu Mc Kenzie hinüber.

„Ich hoffe, dass Slider das auch so sieht", sagte der, „denn die Typen die sich mit ihm in seinem Hotel herumtreiben mag ich gar nicht!"

Allan Mc Kenzie begleitete den Sheriff, als er gegen Mittag dem alten Slider in seinem Hotel einen Besuch abstattete.

„Hab schon gehört was gestern passiert ist", krähte Fred Slider und kam mit leicht gebücktem, aber rüstigem Gang auf sie zu. Sein Anzug war vom Feinsten, die Stiefel reich verziert und die silbernen Sporen klangen leise wenn er ging.

Er begrüßte sie freundlich in der Empfangshalle und bot ihnen auf den Ledersesseln, die um einen runden Tisch standen einen Platz an.

Fred Slider mußte die 60 schon überschritten haben, aber man sah ihm an, dass er diesem kargen Land jahrzehntelang die Ernte abgetrotzt hatte und nicht bereit war, klein beizugeben. Ohne Scheu musterte er Mc Kenzie von oben bis unten.

„Sie sind also der Kerl, der unserem Sheriff hier das Leben gerettet hat."

Mc Kenzie versuchte irgendetwas aus dem Gesicht des alten Mannes zu lesen, aber es war lediglich freundlich und interessiert.

Sue Sharp, der das Hotel gehörte, hatte in der Halle nicht mit geschmackvoller Einrichtung gespart. Hier zwischen den Ledersesseln und den wuchtigen Holztischen, die auf dicken Teppichen standen, konnte man sich schon wohlfühlen.

„Einen Whiskey?"

„Zu früh", lehnte Hammer freundlich ab. Auch Mc Kenzie schüttelte den Kopf.

„Nicht für mich", grinste Slider. Er hob die Hand und wie aus dem Nichts tauchte eine junge Mexikanerin auf, die bereits eine Flasche und drei Gläser in der Hand trug.

„Lass die Flasche hier Mädchen", sagte Slider, nachdem er schnell alle vollgeschenkten Gläser ausgetrunken hatte.

„Wollt Ihr einen Kaffee Jungs?"

Der Sheriff und Mc Kenzie nickten. Je mehr er dabei den Alten musterte, desto weniger konnte er sich vorstellen, dass Slider etwas mit dem Anschlag auf Hammer zu tun hatte.

„Was kann ich für Euch tun Leute?"

Fred Slider lächelte verschmitzt und beantwortete seine Frage gleich selbst. „Ich kann es mir schon vorstellen. Ihr wollt wissen, ob der alte Slider etwas mit dem Anschlag im Saloon zu tun hat?"

Der Sheriff nickte. Seine stechend blauen Augen blitzten, als wollten sie den alten Mann durchbohren.

Der sah gelassen zu einem Hirschgeweih hinüber, das über dem Eingang hing.

„Well", sagte er dann gedehnt. "Grund dazu hätte ich schon."

Hammer sagte nichts, aber er begann kaum merklich an seiner Unterlippe herum zu nagen. Unvermittelt sprang er dann auf.

„Verdammt, was hätte ich tun sollen Slider? Die Hensons hatten den Vertrag, es gab Zeugen, die beschworen dass alles mit rechten Dingen zugegangen war und aus Dir war damals kein Wort herauszubringen!"

„Du hättest wissen müssen, dass da etwas nicht stimmen kann", bellte Fred Slider zurück und als Mc Kenzie erstaunt hinübersah, traf ihn ein eisiger, gnadenloser Blick. Dieser Slider hatte ganz offensichtlich noch ganz andere Seiten!

„Dieser Dreckskerl hat mich gezwungen den Vertrag zu unterschreiben!" Slider fluchte. „Hast Du Dir den Kaufpreis nicht angeschaut Sheriff? Glaubst Du wirklich der alte Slider ist schon so verkalkt, dass er die einzige Ranch, die in dieser verlassenen Wüste Wasser hat zu einem solchen Preis verkauft?"

„Du hattest 30 Mann auf Deiner Ranch, alter Mann", erwiderte Hammer, „und Henson soll es geschafft haben Dich zu zwingen?"

„Das waren Cowboys", winkte Slider ab. „Sicher nicht feige, aber als Henson mit seiner Bande von Strauchdieben und Mördern auf den Hof ritt, zogen sie es vor, die Colts stecken zu lassen."

Die Eingangstüre wurde geöffnet und drei Gestalten, die um keinen Deut besser waren, als die von gestern Abend im Saloon, betraten die Halle.

Slider sah sie an und schüttelte den Kopf. Sie nahmen ihre Hüte ab und setzten sich an die etwas entfernter stehenden Tische.

„Sind das Deine neuen Freunde Slider?"

Der Alte nickte.

„Manchmal braucht man solche Freunde, wenn man seine Interessen wahren will."

„Nicht in meiner Stadt Mister Slider, nicht in meiner Stadt!"

Der alte Mann nickte bedächtig.

„Wenn ich Ihnen einen guten Rat geben darf Sheriff..."

„Nur zu."
„Passen Sie auf sich auf!"
Dann stand er auf und gab beiden die Hand,
„Well, ich denke im Moment haben wir uns nichts mehr zu sagen."

Die Tür war noch nicht hinter ihnen ins Schloss gefallen, als Mc Kenzie den Knall hörte.
Wie von einer Riesenfaust getroffen wurde Hank Hammer neben ihm nach hinten gerissen. Mc Kenzie ließ sich blitzartig auf die Knie fallen. Der Peacemaker lag bereits in seiner Hand, noch bevor Hammer auf dem Boden aufschlug. Dann war es still. Die Stadt schien für einen Augenblick den Atem anzuhalten. Mc Kenzies Muskeln waren bis zum äußersten gespannt.
Wie ein Raubtier wartete er auf eine Bewegung, einen

Gewehrlauf, oder auch nur einen Schatten, um sofort loszuschlagen. Das war kein Colt gewesen, sondern eine Winchester und der Klang der Waffe kam Mc Kenzie bekannt vor. Als sich nichts mehr rührte, ging Mc Kenzie immer noch aufmerksam und bereit sofort zu reagieren zu Hammer, griff ihm unter die Arme und zog ihn durch den Staub in die Empfangshalle des Hotels zurück.

Nichts passierte. Kein weiterer Schuss. Die Mainstreet lag still und friedlich in der Sonne.

Mc Kenzie legte Hammer auf eines der breiten Sofas, das abseits der Fenster stand.

Sliders Männer hatten ebenfalls die Colts in ihren Händen und spähten vorsichtig nach draußen.

„Verdammte Schweinerei", knurrte Fred Slider, „so schießt man auf Rabbits, aber nicht auf Menschen!"

Hammer stöhnte leise. Die Kugel hatte ihn unterhalb des Schlüsselbeines erwischt, aber offensichtlich weder die Lunge, noch irgendwelche Knochen verletzt. So wie der Schusskanal mit Ein- und Austritt aussah, hatte man von vorne in Mannshöhe auf ihn geschossen. Der Schütze musste also genau gegenüber gewesen sein. Er wartete noch, bis die Mexikanerin ein Tuch auf Hammers blutende Wunde drückte und spähte dann vorsichtig nach draußen. Gegenüber gab es eigentlich nur einen Gemischtwarenladen, der in Frage kam. Mc Kenzie musste durch den Hintereingang, wenn er nicht wie eine lebende Zielscheibe vorne herausmaschieren wollte.

„Man kann Euch aber auch nicht eine Sekunde aus den Augen lassen!", schimpfte Doch Watson, der so schnell er konnte gekommen war. Sein faltiges Gesicht war von der Anstrengung gerötet und dicke Schweißperlen standen auf seiner Stirn. Er warf seinen Hut auf einen Tisch und setzte sich zu Hammer.

„Gebt mir eine Schere, ich will diesem Kerl hier das Hemd aufschneiden!"

Mc Kenzie der sah, dass Hammer versorgt war, suchte den Hinterausgang und betrat den kleinen Kräutergarten hinter dem Hotel.

Er lief etwa 200 Yards an der Rückfront der Gebäude weiter und überquerte dann schnell die Mainstreet. Die kleine Seitengasse war dunkel und menschenleer, so dass er unbemerkt an einen kleinen Seiteneingang von Millers Store gelangte. Er war verschlossen.

Vorne auf der Mainstreet hörte er aufgeregte Stimmen, die ganze Stadt schien plötzlich auf den Beinen zu sein.

Mc Kenzie umwickelte den Colt mit einem Tuch und schlug die Scheibe ein.

Er wartete ein wenig, ob sich etwas rührte, als die Glassplitter zu Boden fielen und betrat dann den Raum, der als Lager zu dienen schien.

Trotz der Tageszeit war es recht dunkel hier. Seine Augen brauchten etwas, um sich daran zu gewöhnen. Dann tastete er sich langsam vorwärts. Er spannte den Hahn seines Peacemakers und öffnete die Tür, die wohl in den Store führte ein kleines Stück.

Durch den Spalt konnte er ein paar Stiefel sehen, die einem am Boden liegenden Mann gehörten. Die Füße zuckten und kratzten über die Dielen.

Mc Kenzie trat die Tür krachend gegen die Wand und hechtete sich blitzschnell hinter den Tresen. Nichts geschah, außer dass die Füße noch mehr zuckten und gurgelnde Laute zu hören waren. Die Tür zur Mainstreet stand einen Spalt weit offen und er roch den beißenden Pulvergestank der in der Luft hing. Von hier aus war geschossen worden, soviel stand fest.

Mc Kenzie wartete noch einige Minuten und als sich nichts rührte, stand er auf.

Der Mann der am Boden lag war Miller. Ein kahlköpfiger, kleiner, kräftiger Mann, der eine lange, weiße Schürze trug.

Er war gefesselt und geknebelt und man hatte ihm die Augen verbunden. Als Mc Kenzie ihn losmachte, spuckte er erst einmal auf den Boden.

„Dieser Halunke", fluchte er. "Zieht mir einfach eines über und als ich zu mir komme sehe ich nichts und kann kaum mehr atmen. Die Hölle soll ihn verschlingen!"

Mc Kenzie ließ ihn erst einmal reden und betrat die Veranda. In der Zwischenzeit waren eine ganze Menge der Bewohner dieser Town auf den Füßen und standen vor Sue Sharps Hotel herum.

Er ging zurück in den Laden. In dem Store gab es alles, was man hier draußen in der Wildnis brauchte: Lebensmittel, Waffen, Munition, aber auch Kleidung und Süßigkeiten für die Kinder. Miller war ein ordentlicher Mann und so hing oder stand alles sauber aufgereiht in den Regalen.

„Sie sagen es war nur einer?"

„Mehr konnte ich nicht feststellen Mister. Es könnten schon mehr gewesen sein, aber als die kamen, war ich schon im Land der Träume."

„Gibt es noch einen zweiten Hinterausgang? Die Tür im Lager war abgeschlossen und es steckte auch kein Schlüssel."

Der Ladenbesitzer deutete mit dem Kinn auf die andere Seite des Tresens.

„Dort drüben Mister und nochmals vielen Dank!"

Die Tür war aufgebrochen worden und führte in einen fensterlosen Hof. Niemand hätte den Burschen hier sehen können, selbst wenn er mit einem Pferd hereingeritten wäre. Vielleicht hatte er genau das getan, denn es gab ein paar verwischte Hufabdrücke im Sand, die sich aber nach ein paar Yards wieder verloren.

Mc Kenzie lief eine schmale Gasse zwischen den Häusern zur Mainstreet zurück und machte sich auf den Weg ins Hotel.

Der Schütze war vermutlich längst verschwunden, oder er hatte sich in aller Seelenruhe zu den Bewohnern von Smalville gesellt, die noch immer vor dem Hotel waren.

Doc Watson stand auf der Veranda. Er hatte seinen breitkrempigen Hut auf seine weiße Mähne gedrückt, so dass die Haare leicht zur Seite abstanden. Seine silberne Uhrkette funkelte in der Sonne.

„Tja Leute. Dem Sheriff ist nicht viel passiert. Sieht aus, als habe er verdammtes Glück gehabt. Er wird allerdings ein Weilchen Pause machen müssen", erklärte er den Bürgern von Smalville, die ihm teils entrüstet, teils sorgenvoll zuhörten.

„Wer macht so lange Hammers Job?", fragte ein schwergewichtiger, halbnackter Mann mit muskulösem Oberkörper, der stark rußverschmiert war.

„Wer hält uns dieses Gesindel vom Hals?", rief eine Frau.

„Wir müssen eine Bürgerwehr aufstellen und Patrouillen durch die Stadt schicken", sagte der Blacksmith und wischte sich mit dem Arm den Ruß aus dem Gesicht.

„Hör zu Gaarder", sagte Doc Watson und hob beschwichtigend beide Arme. „Wenn Du Dich umbringen lassen willst, ist das Deine Sache. Ich habe jedenfalls keine Lust dazu. Was wir brauchen ist ein, oder mehrere Kerle, die es mit diesem Haufen von Scharfschützen und Mördern aufnehmen können, die hier plötzlich in der Stadt wie räudige Coyoten herumirren. Du kannst nicht Schafe gegen Wölfe schicken!"

Die Umstehenden nickten. Wie alle Bewohner dieser kleinen Städte in der Wüste waren die Menschen hier keine Feiglinge. Sie arbeiteten hart und wollten von niemandem etwas geschenkt. Aber es waren Ladenbesitzer, Farmer oder Handwerker und keine Killer oder Gunmen, die hervorragend mit ihren Waffen umzugehen verstanden.

„Trotzdem", sagte Gaarder und reckte sein Kinn trotzig nach vorne, „trotzdem müssen wir die Sache, bis der Sheriff wieder auf den Beinen ist, selbst in die Hand nehmen!"

„Genau!"

„Richtig."

„Wir überlassen die Stadt nicht den Hensons und auch nicht den Sliders, soviel steht fest!"

Die Glastür des Hotel schwang nach draußen und Hank Hammer kam heraus. Er trug einen Verband um die Schulter und seinen rechten Arm in einer Schlinge. Er sah bleich aus und stand alles andere als sicher auf seinen Beinen.

Nora Cunnings lief hinter ihm her und beeilte sich ihn zu stützen. Sie trug einen weiten, braunen Leinenrock und eine grobkarierte Bluse. Mc Kenzie schwor, noch nie eine schönere Frau gesehen zu haben.

Wie stand sie zu Hammer? Sie war ganz offensichtlich sehr um ihn bemüht, aber das war sie auch um ihn gewesen, als er verletzt war. Sie sahen aus wie ein Ehepaar, - sie die Hand um seine Hüften gelegt um ihn zu stützen, er einen Kopf größer und durchaus gutaussehend. Mc Kenzie seufzte.

Er löste sich aus der Menge und ging zu ihnen hinüber.

Nora lächelte, als sie ihn sah. „Also jetzt geht erst mal nach Hause Leute. Ich werde einen Hilfssheriff ernennen, der mich ein paar Wochen vertritt", erklärte Hammer mit schwacher Stimme.

„Und wer soll das sein? Wäre ganz gut, wenn ich den auch mal zu Gesicht bekäme, schließlich bin ich hier der Bürgermeister!"

Mc Kenzie kannte den Mayor bereits. Er war auch gestern Abend, bald nach der Schießerei im Saloon erschienen und hatte alle Anwesenden befragt. Er war ein wirklich schmächtiger, kleiner Mann mit einem viel zu weiten Anzug, der streng über den Rand seiner vergoldeten Nickelbrille sah.

Nach der Befragung war er zu Mc Kenzie geeilt und hatte ihm die Hand gegeben.

„Ich danke Ihnen Mister Crown, Sie haben der Stadt einen großen Gefallen getan."

„Ich ernenne Jeff Crown zum Hilfssheriff", sagte Hammer, "er wird mich vertreten."

Mc Kenzie sah, dass ihn Nora Cunnings mit offenem Mund anstarrte.

Am Abend saßen sie alle in Nora Cunnings Küche und verschlangen einen saftigen Rinderbraten, den sie gekocht hatte.

„Das war kein Glück", sagte Mc Kenzie und sah Hammer an. „Ich glaube nicht, dass man Dich töten wollte. Du solltest nur für ein paar Wochen aus dem Verkehr gezogen werden."

Der Sheriff drehte sich mit einer Hand geschickt eine Zigarette.

„Das war das Beste, was ich seit langer Zeit gegessen habe. Ich kann einfach nicht mehr!", erklärte er dann.

Nora Cunnings strahlte. Sie hantierte an ihrer Steinspüle mit dem Geschirr und ließ es nicht zu, dass man ihr half.

Hammer steckte sich eine Zigarette zwischen die Lippen und riss sich am Stiefelschaft ein Streichholz an.

„So was hab ich mir auch schon gedacht", brummte er dann. "Müsste ja ein verdammt schlechter Schütze gewesen sein, wenn er mich auf diese Entfernung mit einem Gewehr verfehlt."

„Er hat Dich nicht verfehlt", widersprach Nora Cunnings". sieh Dich doch an!"

„Nora", erwiderte Hammer, „der Kerl hat mich so getroffen, wie er wollte. Er hat sogar dafür gesorgt, dass weder die Lunge, noch ein Knochen verletzt worden sind."

„Ein verdammt guter Schuss", bestätigte auch Doc Watson. „Medizinisch gesehen, meine ich", fügte er entschuldigend zu Nora hinzu.

„Irgendwie kam mir der Klang der Waffe bekannt vor", sagte Mc Kenzie.

„So so", Doc Watson lächelte geheimnisvoll.

„Dann will ich euch doch einmal zeigen, was mir so aufgefallen ist!"

Mühsam erhob er sich und ging zu seiner Tasche, die er auf der Anrichte stehen hatte. Er öffnete sie und zog eine runde Blechschachtel heraus. „Wo hab ich sie denn?"

Nora Cunnings setzte sich zu ihnen an den Tisch.

„Ich verstehe Euch Männer nicht", schimpfte sie. "Da schießt Euch einer über den Haufen und Ihr bewundert den Kerl auch noch!"

„Da ist sie ja, da ist sie ja", murmelte Doc Watson hinter ihnen und kam an den Tisch zurück. Die Petroleumlampe verbreitete ein angenehmes, warmes Licht.

„Schaut Euch das an!"

Er hob Mc Kenzie und Hammer mit der geöffneten Hand zwei Kugeln unter die Nase.

„Winchester", sagten beide gleichzeitig.

„Genau." Der Doc strahlte.

„Die eine hab ich aus Ihnen rausgeschnitten und die andere aus dem Sofa gebohrt, nachdem sie Dich erwischt hatte Hank. Der Vorteil ist, dass beide nicht sehr deformiert sind. Und nun passt mal auf Jungs..."

Der Doktor legte eine der Kugeln auf den Tisch.

„Das Ding hat einen Kratzer am unteren Rand der Spitze."

Mc Kenzie nahm die Kugel nach oben und hielt sie gegen das Licht.

„Ich sehe gar nichts."

Hammer nahm ihm das Geschoss aus der Hand und prüfte es ebenfalls.

„Völlig glatt", sagte auch er.

„So so", Doc Watson lächelte verschmitzt.

„Dann schaut mal hier durch!"

„Tatsächlich!"

Durch die Lupe, die ihm der Doc gegeben hatte, sah der Sheriff den besagten Kratzer ohne Schwierigkeiten.

„Also gut, hier ist ein Kratzer Watson, aber was soll das?"

Wortlos reichte ihm der alte Mann die zweite Kugel.

„Damned", brummte Hammer. "Da ist noch so ein Kratzer an derselben Stelle!"

Auch Mc Kenzie und danach Nora Cunnings betrachteten die Kugeln unter der Lupe.

„Genau", bestätigte Doc Watson, nachdem sich alle

vergewissert hatten, „der Kratzer ist genau an der gleichen Stelle."

„Und was heißt das jetzt?", fragte Nora Cunnings, die aufstand um ihnen Kaffee in die Tassen zu gießen.

„Dass die Kugeln aus der gleichen Waffe sind!"

„Sind Sie sicher Doc?"

„Jede Waffe bekommt bei der Bohrung eine winzige, kleine Unebenheit im Lauf und die signiert die Kugel damit wie eine Unterschrift."

„Sie meinen man kann an den Kugeln sehen aus welcher Waffe sie kommen?"

Der alte Mann nickte.

„So ist es Söhnchen."

„Foils", sagte Nora Cunnings und strich sich ihre blonden Locken aus der Stirn. „Sie haben gesagt, dass Foils Allan, - ich meine Mister Mc Kenzie, - ich meine Mister Crown angeschossen hat?"

Wieder nickte der Doc.

„Das heißt, dass Foils auch Hank angeschossen hat, wenn die Kugeln aus der gleichen Waffe kommen!"

„Genau", bestätigte Doc Watson.

„Und Foils gehört zu Henson!"

„Das würde Slider erst einmal entlasten", sagte Mc Kenzie.

„Das heißt dann wohl, dass Henson Dich aus dem Weg haben will damit er mit Slider ein für alle mal reinen Tisch machen kann", sagte der Doc.

Der Sheriff blies nachdenklich den Rauch zur Decke.

„Würde so etwas vor Gericht ausreichen? Ich meine das mit den Kugeln..."

Doch Watson hob die Schultern.

„Ich habe diese Methode aus einer Fachzeitschrift. In Boston wurde sie anerkannt und hat einen Kerl an den Galgen gebracht."

„Dann versuchen wir das hier auch", erklärte Hammer bestimmt.

„Wir nehmen also den alten Foils fest, bringen ihn vor das Court und schauen, was wir so aus ihm herausbringen können. Bei dieser Gelegenheit können wir gleich dem alten Henson auf den Zahn fühlen."

„Und wer soll das machen?"

„Du bist der Sheriff", grinste Hammer. "Du machst das!"

„Das kannst Du nicht tun Hank", widersprach Nora Cunnings erschrocken. „Hast Du vergessen, dass er es war, der den Sohn von Henson erschossen hat?"

Die Henson Ranch lag etwa einen Tagesritt von Smalville entfernt.

Mc Kenzie hatte sich Hammers Pferd ausgeliehen, weil der alte Klepper mit dem er in die Stadt geritten war diese, wenn auch nur kleine Strapaze nicht überlebt hätte. Sein eigenes Pferd stand noch immer im Stable, aber da konnte er nicht hin, ohne sich zu verraten.

Stundenlang ritt er in sengender Hitze über einen Playa mit flachem, zerrissenem Boden auf eine Gebirgskette zu. Die Zeit schien still zu stehen. Gnadenlos verbrannte die Sonne die weite, staubtrockene Landschaft, die so flach war, dass sie wie der Boden einer Bratpfanne aussah. Wann hatte dieser riesige See zum letzten Mal Wasser gesehen?

Gegen Spätnachmittag erreichte er das Ende und ritt in ein ausgetrocknetes Flussbett hinein und noch zwei Stunden später hatte er den ersten Ausläufer der Gebirgskette erreicht. Die Berge waren sehr hoch und zerklüftet und es schien unmöglich sie zu überqueren.

Es dauerte eine Weile, bis er den Eingang zu der Schlucht fand, den Hammer ihm beschrieben hatte. Als er hineinritt, umfing ihn fast schlagartig Dunkelheit, an die er sich nach der gleißenden Sonne erst einmal gewöhnen musste. Und es war deutlich kühler. Mc Kenzie genoss das, während er weiter ritt. Der Hufschlag brach sich an den kahlen Wänden, die sich links und rechts von ihm emportürmten und den Himmel fast völlig aussperrten. Eine Biegung folgte der nächsten, bis er völlig unverhofft ein paar Wüstenmaultierhirsche aufschreckte, die wohl genauso überrascht waren wie er, hier auf ein lebendes Wesen zu treffen. In weiten, eleganten Sprüngen stoben sie davon.

Seit etwa einer Stunde war die Schlucht wieder breiter geworden und sie vergrößerte sich nun immer mehr. Die Hensonranch konnte nicht mehr weit sein.

Dann fing sein Pferd plötzlich an schneller zu laufen. Es witterte Wasser!

Zuerst begann der Sand feucht zu werden und verwandelte sich etwas weiter oben in Schlamm. Wie aus dem Nichts wuchsen Gras und Büsche und verliehen dem kargen Boden der Schlucht einen Hauch von Grün. Die Felswände traten noch mehr zurück und es wurde merklich heller. Der Boden stieg leicht an. Weiter oben wühlte eine Horde Pekaris im feuchten Dreck und dann, hinter der nächsten Biegung war Mc Kenzie plötzlich im Paradies. Die Felsen traten auseinander und unter ihm lag offen eine große, etwa drei Meilen breite und sechs Meilen tiefe Ebene, die ringsum von hohen Bergen umgeben war. Auf dem Talboden vor ihm Grün, soweit das Auge reichte. Ein kleiner See der von einem schmalen Fluss gespeist wurde, dessen silbernes Band in der Sonne blinkte.

Niemand würde diese Pracht und vor allem so viel Wasser inmitten der Wüste und der kahlen Berge vermuten. Kein Wunder, dass Slider sich nicht von hier vertreiben lassen wollte!

Wer dieses geschützte Tal am Fuß der Berge besaß, konnte den umliegenden Ranchern jeden Preis diktieren, wenn die Rinder hier saufen wollten. Gewaltsam einzudringen war völlig unmöglich. Der Zugang zur Henson Ranch, war so eng, dass ein paar Gewehre ihn mühelos verteidigen konnten. Mc Kenzie sah sich um. Es dauerte eine ganze Weile, bevor er die, aus der Entfernung winzig wirkenden Gebäude erkennen konnte. Die Häuser und Stallungen waren so gut in einem Wäldchen versteckt, dass man sie ohne weiteres übersehen konnte, wenn man nicht direkt nach ihnen suchte.

Schon seit geraumer Zeit hatte Mc Kenzie wieder dieses ungute Gefühl. Er sah und hörte nichts, und der Mann, oder die Männer die ihn beobachteten machten das verdammt geschickt. Trotzdem konnte er die Augen auf seinem Rücken förmlich spüren.

„Wäre auch verdammt komisch gewesen, wenn niemand den Zugang zu diesem Tal bewacht hätte", dachte er.

So schien der alte Henson auch nicht sonderlich erstaunt, als er ihn auf der Veranda seiner weiß getünchten Hazienda empfing. Das Haupthaus war größer als es Mc Kenzie je in dieser Gegend gesehen hatte. Etwa 20 Bunkhouses umstanden es und Mc Kenzie schätze, dass sie Platz für etwa 200 Mann boten.

Die Rindercattles waren, obwohl sie großzügig ausgelegt waren, übervoll mit prächtigen Longhorns. 30 bis 40 feurige Pintos und Appaloosapferde grasten friedlich im Corall daneben. Das ganze Anwesen war von einer mannshohen Mauer umgeben, so dass die Ranch eher den Eindruck einer Festung machte.

„Das sind prächtige Pferde und prächtige Rinder Mister Henson", sagte Mc Kenzie.

„Sie scheinen ein reicher Mann zu sein!"

Will Henson brummte etwas Unverständliches in seinen Bart.

„Kommen Sie runter von Ihrem Gaul Mister", antwortete er dann. "Sie sind sicher durstig."

Mc Kenzie hatte sich schon den ganzen Weg hierher nicht besonders wohl gefühlt, wenn er daran dachte, dass er bald den Mann treffen würde, dem er den Sohn genommen hatte. Dieses Gefühl verstärkte sich noch, als er nun dem alten Mann entgegen trat.

Mc Kenzie suchte einen schattigen Platz für sein Pferd, aber der alte Henson winkte ab.

„Lassen Sie nur Mister, wir kümmern uns darum. Luke!"

Ein Cowboy, der im Schatten gesessen und sein Zaumzeug geflickt hatte, kam herüber.

„Luke, gib dem Gaul zu saufen und zu fressen."

„Ja Mister Henson."

„Ihr Name Mister?"
„Crown, Jeff Crown."
„Also Mister Crown, was führt Sie zu mir?"
Der alte Henson öffnete die Tür und bat ihn ins Haus. Sie durchquerten eine mit Steinen ausgelegte, kühle Empfangshalle, die mindestens fünfmal so groß war, wie die in Sue Sharps Hotel.
Mc Kenzie hatte die drei Kutschen und die gesattelten Pferde in dem Corall gesehen, in dem der Cowboy auch seinen Gaul untergestellt hatte. Er war nicht der einzige Besuch den Henson heute erhalten hatte.
„Ich komme wegen einem Ihrer Männer", sagte Mc Kenzie und nahm, auf dem ihm angebotenen Stuhl Platz. Der Schreibtisch war wuchtig und aus einem Holz, das er nicht kannte. Henson thronte dahinter, wie ein König. Sein rundes, durchaus sympathisches Gesicht war halb mit einem grauschwarzen Vollbart bedeckt. Die ebenfalls grauschwarzen, gepflegten

Haare fielen ihm bis auf die Schultern. Die braunen Augen wirkten lebendig und wach.

„Ich habe nicht ganz so viel Zeit für Sie wie ich gerne hätte Mister. Der gesamte Stadtrat und sämtliche Viehzüchter von Smalville sitzen vorne in meinem Wohnzimmer!"

„Diesem Mann habe ich also den Sohn genommen", dachte Mc Kenzie und er spürte, wie ihn schon wieder dieses ungute Gefühl beschlich.

„Sie vertreten also den Sheriff Mister Crown?"

Mc Kenzie nickte.

„Wir haben den Verdacht, dass einer Ihrer Männer auf ihn geschossen hat."

Will Henson war überrascht, das sah man ihm an.

„Einer meiner Männer?", fragte er langgezogen.

Er bot Mc Kenzie eine Zigarre an und eine Frau mit Kopftuch und einer blendend weißen Bluse brachte Wasser und Kaffee.

„So vermuten wir."

„Wer soll das gewesen sein?"

„Tom Foils."

„Das ist unmöglich", widersprach der alte Henson ärgerlich.

„Tom Foils würde nie ohne meinen ausdrücklichen Befehl auf jemanden schießen, dafür verbürge ich mich!"

Mc Kenzie schwieg.

„Da steckt doch dieser Slider dahinter", schimpfte der alte Henson weiter. „Vermutlich hat er Ihnen auch erzählt, ich hätte ihn übers Ohr gehauen und ihm diese Ranch hier abgeluchst?"

„So ähnlich", bestätigte Mc Kenzie.

„Nun, dann will ich Ihnen mal was sagen Mister Crown..."

Der alte Henson biss das Ende seiner Zigarre ab und spuckte es achtlos auf den Fußboden.

„Meine Söhne und ich waren hier bloß auf der Durchreise. Wir wollten nach Kaliforniern, verstehen Sie..."

Henson steckte die Zigarre paffend in Brand und stieß

große Rauchwolken zur Decke.

„Leider habe ich mich in Mels Saloon zu einer Pokerpartie überreden lassen, in der es ganz schnell um mehr Geld ging, als mir lieb sein konnte. Ich bin ganz ehrlich Mister Crown. Ich hatte mich nicht mehr im Griff. Der Spielteufel hatte mich gepackt und dem alten Slider ging es ebenso. Er war so siegessicher, dass er, als ihm das Bargeld ausging seine Ranch setzte. Ich nahm an und Slider verlor. So einfach war das!"

Der Kaffee war sehr gut und trieb Mc Kenzie, trotz der Kühle des Raumes den Schweiß auf die Stirn.

„Ich bin ein Mann von Ehre Mister Crown und so habe ich, als wir wieder nüchtern waren, dem alten Slider zwar nicht seine Ranch zurückgegeben, dafür aber alles Bargeld das ich zu jener Zeit hatte."

Allan Mc Kenzie glaubte zu wissen, wann ein Mann log und dieser Will Henson sagte die Wahrheit soviel stand fest.

„Dieses Anwesen hat mir zwar Reichtum aber auch viel Leid gebracht Mister Crown", fuhr der Alte fort, nachdem sie eine Weile schweigend geraucht hatten.

„Meine Frau ist letztes Jahr gestorben und mein mittlerer Sohn wurde vor ein paar Wochen von einem Desperado über den Haufen geschossen!"

Mc Kenzie spürte, wie ihn dieser Vorwurf traf.

„Ich habe gehört, dass Ihr Sohn zuerst gezogen haben soll Mister Henson."

Hensons Augen versprühten plötzlich Blitze, doch dann beherrschte er sich und das Feuer erlosch.

„Mein Sohn Buck behauptet das Gegenteil", antwortete er angriffslustig, „aber ich habe auch Ihre Version schon gehört, Mister Crown. Wie auch immer, der Kerl der geschossen hat, liegt nun auf dem Bonehill, so wie er es verdient hat!"

Mc Kenzie stand auf.

„Mister Henson. Ich bin gekommen um Tom Foils zu verhaften und vor den Richter zu bringen, und ich hoffe, dass Sie sich mir nicht in den Weg stellen."

Der alte Henson sah ihn aufmerksam an und schien abzuschätzen was ihn wohl erwarten würde, wenn er das täte. Doch dann schüttelte er den Kopf.

„Ich werde ihn rufen lassen."

Sie mussten nicht lange warten. Tom Foils kam, nachdem er geklopft hatte zur Tür herein.

Er war ein Mann um die sechzig, mit kahlem Schädel, glatt rasiertem Gesicht und grünen Schlangenaugen. Seine Nase war wie ein Geierschnabel stark nach unten gebogen.

„Setz Dich Tom."

Tom Foils nahm neben Mc Kenzie Platz.

„So Mister Crown. Dann lassen Sie mal hören, was Sie zu sagen haben."

Mc Kenzie hatte noch nicht angefangen, als die Tür aufflog und zwei Burschen um die zwanzig, fünfundzwanzig Jahre alt ins Zimmer stürzten.

„Wie oft soll ich Euch noch sagen, dass Ihr gefälligst anzuklopfen habt!", schimpfte der alte Henson und sah seine Söhne finster an.

„Darf ich vorstellen: Buck Henson mein Ältester und das ist Cane, mein jüngster Sohn."

Buck Henson war von hagerer Statur. Trotz seines jugendlichen Alters waren ihm die vielen durchzechten Nächte am Tresen, oder an Pokertischen anzusehen. Sein Teint war bleich und er schien sich nicht oft in der Sonne aufzuhalten. Seine Stimme klang ungewöhnlich schrill.

Mc Kenzie wußte sofort, wo er sie schon einmal gehört hatte. Das war vor nicht allzu langer Zeit bei der Scheune gewesen!

„Sorry Pa, aber als wir gehört haben dass..."

„Luke hat uns erzählt, dass der Sheriff...", unterbrach ihn Cane Henson, „aber das ist ja gar nicht der Sheriff..."

Im Gegensatz zu seinem Bruder hatte der jüngste der Henson Brüder die hier, für diese Gegend übliche Gesichtsfarbe. Er wirkte nicht so finster und schien ansonsten eher eine Frohnatur zu sein.

„Das ist der Hilfssheriff Mister Crown", stellte der alte Henson Mc Kenzie vor.

„Er will Tom mitnehmen, weil er angeblich Mister Hammer über den Haufen geschossen hat."

„Man hat Hammer erschossen?", fragte Buck Henson.

„Der Sheriff hat Glück gehabt, es ist nur eine Fleischwunde!", erklärte Mc Kenzie.

„So ein Unsinn", erklärte Cane Henson bestimmt.

„Tom würde so etwas niemals tun, nicht wahr Tom?"

Tom Foils schwieg. Er hatte sich einen Gegenstand auf Will Hensons Schreibtisch ausgesucht und schien sich nur dafür zu interessieren.

„Da scheint Hammer ja richtigen Dusel gehabt zu haben", sagte Buck.

Mc Kenzie sah ruhig in Buck Hensons Gesicht.

„Das glaube ich nicht", erklärte er.

„Das war ein verdammt guter Schütze, der genau wusste, was er tat. Ein Meister seines Faches würde ich sagen!"

Irrte er sich, oder hatte Foils bei diesen Worten leicht gelächelt?

„Und deshalb sind Sie auf Tom gekommen?", fragte der alte Henson und stemmte sich aus seinem Sessel. „Hier gibt es noch mehr Leute die mit einem Schießprügel umgehen können!"

Sofort ging Cane Henson um den Tisch herum und setzte sich unbekümmert in seines Vaters Sessel.

„Mach dass Du da rauskommst", sagte Buck, "sonst zieht Dir Pa die Ohren lang!"

„Lass ihn doch", brummte der Alte gutmütig, "lass ihn doch."

Buck Henson schwieg zornig.

„Also Mister Hilfssheriff, wie sehen Ihre Beweise aus?", fragte der alte Henson.

„Keine Ahnung", log Mc Kenzie, „aber hier ist der Haftbefehl."

„Richter Fallwater war in Smalville?", fragte Cane erstaunt.

Mc Kenzie nickte. „Bis er wieder vorbeikommt werden ein paar Monate vergehen."

„Und so lange wollen Sie Tom einsperren?"

Man sah deutlich, dass der alte Henson davon nichts hielt.

„Sie können einen Mann wie Tom nicht längere Zeit in eine Zelle sperren!"

„Das hätte er sich überlegen sollen, bevor er auf den Sheriff geschossen hat!"

Zögernd nahm Will Henson den Haftbefehl und las ihn sorgfältig durch.

„Der scheint in Ordnung zu sein."

Lange sah er den unbeweglich dasitzenden Foils an.

„Du gehst mit Mister Crown Tom", sagte er endlich leise. „Gib ihm Deine Waffe!"

Ohne aufzublicken zog Tom Foils den Colt aus dem Holster und legte ihn vorsichtig auf die glattpolierte Unterlage des Schreibtisches.

Aus den Augenwinkeln heraus sah Mc Kenzie, dass Buck Henson kaum an sich halten konnte, aber er schwieg.

„Mister Foils, Sie haben doch eine Winchester?", fragte ihn Mc Kenzie und als der nicht antwortete. „Ich brauche diese Gewehr Mister Henson, es ist ein wichtiges Beweismittel."

„Ich werde es Ihnen holen, wenn wir nach draußen gehen", versprach Will Henson.

„Ich danke Ihnen", sagte Mc Kenzie und reichte dem Alten

die Hand, die dieser aber ausschlug.

„Wenn es hier draußen kein Gesetz mehr gibt, kann niemand mehr vernünftig leben", knurrte er stattdessen, aber Mc Kenzie hatte das Gefühl, dass die Bereitwilligkeit ihm seinen Vorarbeiter auszuliefern, eher etwas mit der Anwesenheit des Stadtrates und der Viehzüchter als mit Gesetzestreue zu tun hatte.

Sie waren noch keine zwei Stunden geritten, als sich bei Mc Kenzie dieses unangenehme Gefühl wieder meldete. Sie waren nicht mehr allein und wieder waren die Verfolger so geschickt, dass er sie weder sehen, noch hören konnte.

Das offene Gelände lag hinter ihnen und sie waren in die Schlucht hineingeritten, die sich immer mehr zu verengen begann, so dass der

Himmel bald nur noch ein schmaler, blauer Streifen über ihnen war.

Auch Foils, der bisher träge und schläfrig vor ihm her geritten war, wirkte plötzlich angespannt und hellwach.

Sie ritten weiter ins Halbdunkel der Felswände, in die reißendes Wasser tiefe Ausbuchtungen gegraben hatte. Hinter jedem Felsen konnte ein Gewehr liegen, ohne dass man es sah.

Das Wasser, das sie bis dahin begleitet hatte war einfach verschwunden. Von da an gab es nur noch rötliche Felsen, Halbdunkel und grauen Staub.

„Wir sind nicht allein Mister Foils", sagte Mc Kenzie. „Wenn das Ihre Freunde sind, dann sollten Sie ihnen sagen, dass es keinen Zweck hat Sie befreien zu wollen."

„Nicht sehr schlau von Ihnen in diesen Canon zu reiten", brach Foils sein Schweigen.

In seinen Worten war keine Schadenfreude, sie waren lediglich eine Feststellung.
Mc Kenzie nickte.
„Da haben Sie recht. Das Problem ist nur, dass ich keinen anderen Weg nach Smalville kenne."
Vor ihnen machte der kleine, aber tiefe, ausgetrocknete Flusslauf eine scharfe Biegung nach rechts.
„Ich wette 10:1, dass Sie dahinter auf mich warten!"
Foils nickte.
„Ich würde es jedenfalls an dieser Stelle tun."
Sie stiegen ab und führten ihre Pferde vorsichtig um die Biegung herum.
Die Kugel pfiff so nahe an Mc Kenzies Nase vorbei, dass er den Luftzug fühlen konnte. Er zuckte zurück und warf sich dann hinter einem Felsen in Deckung. Der Knall des Schusses grollte noch immer durch die Schlucht.
„Jetzt sitzen wir fest", sagte Foils, der mit zusammengebundenen Händen noch immer auf seinem Pferd saß.

Mc Kenzie robbte zurück und half dem Alten aus dem Sattel.

„Warum wir? Ihnen wird doch nichts passieren."

Tom Foils wog nachdenklich den Kopf.

„Die konnten nicht sehen, wer da um die Biegung ritt, also ist es ihnen egal, wen sie treffen."

Mc Kenzie nickte.

„Das stimmt."

Er zog seine Winchester aus dem Scabbard und wog sie in der Hand.

„Ich bin ein guter Schütze Mister Foils, aber so gut wie Sie bin ich nicht. Wie wäre es?"

Foils machte keine Umstände. Mit einem Blick deutete er auf die gefesselten Hände.

Mc Kenzie band ihn los.

„So", sagte er, "und was nun?"

„Ganz einfach Mister Crown", sagte der Alte, „wir warten bis es dunkel ist und dann geht es ungefähr die Hälfte des Weges zurück. Dort gibt es eine Höhle, durch die wir das Flussbett und die Schlucht verlassen können."

Zweifelnd sah Mc Kenzie nach hinten.

„Da waren nur glatte Felswände Mister", warf er ein, „ich habe keine Höhle gesehen."

Foils nickte. „Sie ist da", sagte er „und ob es Ihnen passt, oder nicht, es ist unsere einzige Chance!"

„Wenn die Burschen merken, dass wir uns aus dem Staub machen, brauchen Sie nur um die Biegung zu kommen und können uns abschießen, wie die Hasen!"

Tom Foils grinste. Seine grünen Schlangenaugen funkelten.

„Die werden gar nicht merken, dass wir uns aus dem Staub machen!"

Sie machten sich es auf dem steinigen Boden so bequem wie es eben ging und warteten.

Etwa eine halbe Stunde später hob Tom Foils plötzlich den Kopf.

„Hufschlag", sagte er nur.

„Kommen da noch mehr?"

„Ich denke nicht", antwortete Foils, „ich denke, dass ein paar von der Kerlen versuchen dort oben auf das Plateau zu kommen, um uns in die Zange zu nehmen."

Mc Kenzie überprüfte das Gelände.

„Am besten wir verschanzen uns hinter dem Felsen dort."

Foils nickte.

Sie nahmen die Pferde und versteckten sich unter einem Felsvorsprung, der ungefähr zwei Yards vorstand und sie für Menschen oberhalb der Schlucht unsichtbar machte.

Foils nahm die Satteldecken und zerschnitt sie. Dann umwickelte er die Hufe der Pferde.

„So hören sie nicht, dass wir uns auf den Weg machen."

„Wer sind eigentlich sie?"

Der Alte säuberte sorgfältig sein Gewehr.

„Buck Hensons Killer."

„Buck Henson?"

Foils nickte.

„Das verstehe ich nicht."

„Der alte Slider ist hier in Smalville, um sich die Ranch zurückzuholen", erklärte Foils. „Er hat gute Vorarbeit geleistet. Alle Zeugen, die dabei waren, als der Vertrag unterschrieben wurde, sind tot, oder verschwunden und die Aussage von Hensons Söhnen, die ja ebenfalls dabei waren, zählt vor Gericht nicht. Also steht Sliders Aussage gegen die vom alten Henson und somit die Chancen für ihn gar nicht schlecht, um vor Gericht zu gewinnen."

„Ich verstehe", sagte Mc Kenzie, „Und Henson will es erst gar nicht so weit kommen lassen?"

„Falsch", widersprach Foils. „Will Henson will alles auf gerichtlichem Weg machen und Cane sein Jüngster auch. Die angeworbenen Desperados sind ursprünglich eine reine Vorsichtsmaßnahme gewesen. Die sollten nur aktiv werden falls das mit dem Prozess nicht so funktioniert, oder falls Slider sofort zuschlägt. Aber mit der

Zeit haben diese Deperados Buck Henson immer mehr auf ihre Seite gezogen. Und eigentlich tut er bereits das, was diese Kerle wollen. Sie waren es auch, die freie Hand haben wollten und deshalb hat mir Buck befohlen, den Sheriff auszuschalten. Nur wie ich das getan habe, hat ihm nicht gefallen."
Der Alte grinste.
„Ich töte keinen Menschen wenn es nicht sein muss."
„Was ich nicht verstehe ist, warum Sie für Buck Henson und diese Kerle jemanden über den Haufen geschossen haben."
Tom Foils kratzte sich verlegen am Hinterkopf.
„Manchmal schuldet man einem Menschen etwas, dem man besser nichts schulden sollte", sagte er.
Mc Kenzie nickte. „Weiß der alte Henson davon?"
„Nein".
Sie ließen ihre Pferde gesattelt und machten es sich so bequem wie möglich.

Irgendwann am Spätnachmittag polterten ein paar Steine über ihnen herunter.

„Jetzt haben sie es geschafft", sagte der Alte, „jetzt sind sie über uns, es wird ihnen nur nichts nützen."

Als es dunkel wurde, standen sie vorsichtig auf und nahmen die Pferde bei den Zügeln. Es war stockfinster und man konnte die Hand nicht mehr vor den Augen sehen. Mc Kenzie spürte mehr als er sah, dass Foils neben ihm war.

„Halten Sie ihnen die Nüstern zu", flüsterte Foils und dann machten sie sich auf den Weg.

Die umwickelten Hufe waren trotz des felsigen Untergrundes kaum zu hören und eine Zeitlang schien alles gut zu gehen. Über ihnen, zwischen den hochaufragenden, eng stehenden Felswänden, war das dunkle Band des Nachthimmels zu sehen Doch dann erschien der Mond über der Schlucht und tauchte alles in ein helles, silbernes Licht. Sekunden später bellte ein Spencer Gewehr auf und dann schossen sie aus allen Rohren. Es war ein ohrenbetäubender Lärm. Mc Kenzie und Foils warfen sich auf den Boden und suchten Deckung.

„Weg mit euch ihr Schindmähren", fauchte Foils böse und vertrieb die Pferde.

Ein paar herumliegende Felsbrocken boten ihnen Deckung.

„So, dann wollen wir mal sehen", sagte der Alte ruhig und nahm den Gewehrkolben an die Wange. Er wartete bis er ein Mündungsfeuer wie einen Stern in der Dunkelheit aufleuchten sah und drückte ab.

Ein Aufschrei verriet ihnen, dass er getroffen hatte.

„Sie sind wirklich ein Kunstschütze Mister", flüsterte er dem Alten zu.

Ruhig wartete der, bis es wieder grell blitzte und zog den Abzug durch. Nichts geschah.

„Haben Sie ihn verpasst?"

Foils schüttelte den Kopf. Dann lagen sie eine Weile ruhig auf dem harten, felsigen Untergrund.

„Was nun?"

„Wir müssen die Kerle dazu bringen weiter zu feuern, damit ich sie erwischen kann."

„Und wie?"

Foils zeigte mit seiner linken Hand auf einen Felsen halbschräg vor ihnen.

„Schaffen Sie das bis dahin?" Mc Kenzie nickte.

„Ja."

„Also gut, dann legen Sie sich hinter den Felsen, halten den Revolver um den Stein herum und feuern in Richtung dieser Burschen. Aber merken Sie sich Mister Crown, nur den Revolver um den Stein halten und wenn

Sie gefeuert haben, ziehen Sie sofort die Hand zurück, bevor Sie Ihnen abgeschossen wird!"

Mc Kenzie machte sich auf den Weg.

Noch immer leuchtete der Mond mit seinem weißen Licht das gesamte Flussbett aus und die herumliegenden Felsen wirkten wie schwarze Ungetüme.

Obwohl er sich alle Mühe gab nicht gesehen zu werden, entdeckten sie ihn doch. Wütend bellte eine 45er und die Kugel riss ihm eine brennende Spur in die Hand des linken Armes. Gleichzeitig war aber auch wieder die Winchester von Foils zu hören und wieder folgte ein Aufschrei.

Durch den Schuss hatten die Kerle die Richtung von Foils ausgemacht und begannen zu schießen. Das Mündungsfeuer leuchtete im Halbdunkel wie ein Gewitter.

Mc Kenzie sprang auf und hechtete hinter den Felsen. Er riss den Colt nach oben und feuerte mehrfach über den Stein hinweg. Sofort verlagerte sich das Feuer zu ihm und Foils, der sich einen anderen Platz gesucht hatte, nahm wieder einen der Burschen aufs Korn und erwischte ihn.

Dann war es ruhig.

Mc Kenzie wartete ein paar Minuten und spähte dann vorsichtig das leere Flussbett entlang. Es war nicht zu sehen.

Dann hörten sie Hufschlag, der sich eilig entfernte.

„Die haben genug."

Foils stand auf und klopfte seinen Hut aus.

„Vier von den Burschen habe ich getroffen, es waren sechs oder sieben, schätze ich mal."

Mc Kenzie grinste.

„Ich bin froh, dass ich diesmal hinter Ihrem Gewehrlauf gestanden habe und nicht davor."

Erst jetzt bemerkte er, dass ihm das Blut den Arm hinunterlief.

„Damned", knurrte er, „so langsam wird es eine schlechte Angewohnheit sich anschießen zu lassen. Wenigstens ist es nur ein Kratzer!"

Sie suchten die Schlucht nach toten, oder verwundeten Desperados ab, aber die hatten ihre Leute offensichtlich mitgenommen.

Sie erreichten Smalville ohne weitere Zwischenfälle. Als sie gegen Mittag in die Mainstreet einritten, waren sie innerhalb von ein paar Minuten von aufgebrachten Bewohnern umringt.

Da war Sue Sharp, die Hotelbesitzerin, Gaarder der Blacksmith, Miller der Storebesitzer und auch der Mayor kam auf sie zugeeilt.

„Endlich kommen Sie!"

„Wo haben Sie gesteckt?"

„Uns im Stich zu lassen, wenn es hart auf hart

kommt!", schallten viele Stimmen durcheinander.

Mc Kenzie sah in verschwitzte, zornige, aber auch ängstliche Gesichter.

„Was ist passiert?"

Die Antwort kam aus allen Richtungen.

„Ruhe!", versuchte Mc Kenzie etwas Ordnung in das Durcheinander zu bringen.

„Mayor, was war hier los?"

Der kleine dürre Mann mit dem viel zu großen Anzug setzte seine Brille zurecht.

„Heute Nacht hat eine Horde Desperados versucht in Sue's Hotel einzudringen. Vermutlich um Slider zu erledigen. Seine Leute haben das bemerkt und es begann eine etwa halbstündige Schießerei, die zwei der Angreifer das Leben kostete. Einer von Sliders Männern ist verwundet."

„Genau."

„Schweinerei!"

„Diese Burschen schrecken vor nichts zurück!", ging das zornige Brummen der Menge wieder los.

Es hörte sich an wie ein Hornissenschwarm.

„Kann ich die Toten sehen?"

Der Mayor nickte.

„Kommen Sie mit, ich zeig sie Ihnen."

„Buck Hensons Leute", erklärte Foils, als sie die weißen Gesichter in den dunklen Kisten anschauten.

„Daran besteht kein Zweifel. Heute Nacht hat er sechs bis sieben seiner Männer verloren!"

Mc Kenzie nickte. „Damit dürfte der alte Slider klar im Vorteil sein."

Die Tür des Undertakeroffice wurde aufgestoßen und Nora Cunnings kam hereingestürmt.

„Dem Himmel sei Dank", keuchte sie noch ganz außer Atem, „Ihnen ist nichts passiert!"

Sie war bezaubernd mit ihren roten Flecken auf den Wangen, den glänzend blauen Augen und den vom Rennen zerzausten Haaren, Dann fiel ihr Blick auf Mc Kenzies Arm.

„Sie sind ja doch verwundet!"

„Nur ein Kratzer", winkte Mc Kenzie ab, „aber es ist schön, dass Sie sich um mich Sorgen machen Madam."

Nora Cunnings errötete. Dann wurde sie wütend.

„Das ist kein Spiel!", sagte sie mit vor Erregung zitternder Stimme. „Ein paar Zentimeter weiter und sie wären tot!"

Sie drehte sich um und ging genauso schnell wie sie gekommen war.

Draußen standen die Bewohner von Smalville und sprachen aufgeregt miteinander. Zu frisch waren noch die Eindrücke der letzten Nacht. Und spätestens jetzt wussten sie alle, dass sie sich mitten in einem Krieg befanden.

„Ich halte zwar nicht viel von Will Henson", sagte der Mayor nachdenklich, „aber das hätte ich ihm nicht zugetraut."

„Der alte Henson hat damit nichts zu tun. Er will erst einmal den Prozess abwarten, bevor er Slider an den Kragen geht, so viel steht fest", erklärte Mc Kenzie. „Sein Sohn Buck hat diese Leute angeheuert und vielleicht hat er sie nicht mehr so unter Kontrolle wie er es gerne hätte."

„Sie meinen Will Henson..."

„Nein", sagte Mc Kenzie, ich meine Buck Henson. Ich habe den Verdacht, dass seine Leute eigene Geschäfte machen!", antwortete Mc Kenzie,

Mc Kenzie berichtete in kurzen Worten, was sich vor ein paar Stunden in der Schlucht zugetragen hatte.

Der Mayor seufzte. „Wir sollten einen Mann zur Henson Ranch schicken um Will aufzuklären was hier geschehen ist. Der halbe Stadtrat ist noch für ein bis zwei Tage dort um neue Preise für das Wasser auszuhandeln. Diese verdammte Trockenperiode stürzt die gesamten Rancher hier in den Ruin!"

Hank Hammer kam zur Tür herein. Er trug den rechten Arm in der Schlinge und schaute Foils finster an.

„Immerhin etwas Erfreuliches an einem solchen Tag", sagte er bissig und seine blauen Augen funkelten kalt.

„Foils hat mir das Leben gerettet Hank. Ohne ihn stünde ich jetzt nicht hier."

Hammer murmelte etwas Unverständliches, zog seinen Colt und hielt ihn Foils unter die Nase.

„Wir gehen jetzt erst einmal in mein Büro", erklärte er reichlich unfreundlich und schob den Alten vor sich her zur Türe hinaus.

Es dauerte gut eine halbe Stunde und brauchte viel Überredungskunst, um Tom

Foils wieder aus der Zelle herauszubekommen. Endlich hatte es Mc Kenzie geschafft und Hammer ging noch immer wütend zur Gittertür und schloss sie auf.

„Na dann mal raus mit Ihnen Mister. Mein Freund hier meint, dass Sie einer von den Guten sind, obwohl mir meine Schulter etwas anderes sagt."

Er überwand sich sogar dem Alten einen Whiskey anzubieten.

Nora Cunnings kam zur Tür herein. Sie sah, dass Foils statt in der Zelle gemütlich auf einem Stuhl saß und einen Whiskey trank. Ungläubig schüttelte sie den Kopf.

„Da schießt dieser alte Gauner Sie über den Haufen und Sie bieten ihm auch noch etwas zu trinken an. Vielleicht haben Sie ihm vorhin noch zu seinem guten Schuss gratuliert?"

„Madam."

Foils nahm seinen Hut ab.

„Und höflich ist er auch noch!"

Nora Cunnings seufzte.

„Was war los Mc... äh ich meine Mister Crown?"

Einen Moment lang weiteten sich Foils Schlangenaugen, - lange genug um Mc Kenzie zu zeigen, dass der alte Fuchs misstrauisch geworden war.

Doc Watson kam herein und riss ohne Federlesen Mc Kenzies Hemd auf.

„Nur ein Kratzer."

„Ich hoffe Sie sind nicht enttäuscht Doc?"

Watson murmelte etwas Unverständliches, nahm die Flasche, trank einen großen Schluck und goss dann unvermittelt etwas über Mc Kenzies Wunde. Der sprang auf.

„Teufel Doc, das brennt!" Watson grinste.

„So, so, tut es das? Euch zusammenzuflicken macht auf die Dauer auch nicht gerade Spaß. Für das, dass ich den guten Stoff hier verschwenden muss, ist das bisschen Brennen noch eine viel zu milde Strafe!"

Er deutete auf Foils.

„Sie können reden Doc", beruhigte ihn Mc Kenzie, „das ist ein neuer Verbündeter."

„Der?"

Watson staunte.

„Ja."

„Na ihr müsst es ja wissen."

Der Arzt setzte sich.

„Was ist da draußen los Jungs? Klärt mich mal auf."

„So wie es aussieht ist Slider hier aufgetaucht um seine Ranch zurückzuholen..."

„Hank, bitte verschone mich mit dem was ich schon weiß."

„Na gut", sagte der Sheriff.

„Vermutlich hat er alle Zeugen der Vertragsunterzeichnung beseitigt und will jetzt versuchen, das Gericht davon zu überzeugen, dass er gezwungen wurde zu unterschreiben."

„Slider wird es natürlich so darstellen, dass Henson die Zeugen auf dem Gewissen hat", ergänzte Mc Kenzie.

„Kann ja auch sein", gab Doc Watson zu bedenken.

„Will würde das bestimmt nicht tun", meldete sich Foils zu Wort. „Wäre ja auch blödsinnig, da der Vertrag damals völlig legal zustande kam!"

„Deckt sich auch mit meiner Meinung", bestätigte Hammer. „Ich denke auch dass diese Morde auf Sliders Konto gehen."

„Und wenn Slider vor Gericht nicht durchkommt?"

„Tja", sagte der Sheriff, „egal wie der Prozess ausgeht, wir werden hier bald einen kleinen Krieg in Smalville haben!"

Als sie gegen Mitternacht aufstanden, um den letzten Kontrollgang durch die Town zu machen, stand auch Foils auf.

„Ich komme mit."

Hammer sah Mc Kenzie an.

„Ich glaube das kann nicht schaden Hank", stimmte der zu.
„Bleiben Sie als Deckung immer 30 bis 40 Yards hinter uns, damit Sie keiner sieht."
Foils nickte.
Mc Kenzie und Hammer schnallten die Patronengurte um, nahmen zwei Gewehre aus dem Schrank und gingen nach draußen.
Kalte Nachtluft umfing sie. Die gesamte Town schien schon zu schlafen, nur Mels Saloon weiter vorne, hatte noch Licht. Der schwache Lärm eines Pianos wehte zu ihnen herüber.
Es war stockdunkel und man konnte die eigene Hand kaum vor den Augen sehen. Hinter ihnen fiel die Tür des Office ins Schloss. Da wussten sie, dass auch Foils auf der Straße war.
„Mel kümmert sich anscheinend einen Dreck um das was sich sage", knurrte Hammer verärgert, „obwohl das überhaupt nicht seine Art ist."

„Wieso?", fragte Mc Kenzie.

„Weil ich angesichts der Lage angeordnet habe, den Saloon um Mitternacht zu schließen!"

„Ich glaube nicht, dass das an Mel liegt", antwortete Mc Kenzie, bei dem sich wieder dieses ungute Gefühl meldete. „Wir sollten besser vorsichtig sein, denn wir sind momentan sowohl dem alten Slider, wie auch den Hensons im Weg."

„Foils?", rief er halblaut.

Der alte Mann tauchte wie aus dem Nichts bei ihnen auf.

„Damned", fluchte der Sheriff leise. „Man sieht Sie nicht, man hört Sie nicht und plötzlich sind Sie da. Wie machen Sie das?"

Foils sagte nichts.

Sie konnten nur seine Shiloutte sehen.

„Ich gehe zum Vordereingang des Saloons rein. Jeff stellt sich an die Tür und Sie Mister Foils gehen hinten herum und arbeiten sich zu mir durch. Es kann zwar alles ganz harmlos sein, aber ich möchte keine Überraschung erleben!"

„Durch die Hintertüre?"

„Ja."

„Dann brauche ich etwas Zeit."

„Ok", sagte Hammer. „Wir warten eine Viertelstunde bevor wir losgehen, das müsste reichen."

Foils war bereits verschwunden, bevor Hammer noch zu Ende gesprochen hatte.

„Ich finde ihn unheimlich", flüsterte der Sheriff.

„Mein Gefühl sagt mir, dass wir hier in eine Falle laufen", sagte Mc Kenzie.

Hank Hammer nickte sagte aber nichts. Schweigend gingen sie die letzten 200 Yards zu Mels Silver Dollar hinüber. Bruce, der Pianospieler klimperte noch immer auf seinen Tasten herum.

„Lassen Sie wenigsten mich vorgehen", sagte Mc Kenzie. "Sie mit Ihrer zerschossenen Schulter können da so und so nicht viel ausrichten, aber

Sie könnten mir vom Fenster her den Rücken freihalten."

„Also gut", antwortete Hammer, „bleiben Sie aber in der Nähe der Theke, damit ich Sie nicht in der Schusslinie habe!"

Mc Kenzie steckte sich eine Zigarette an und nahm einige tiefe Züge. Danach klemmte er sie sich in den Mundwinkel, zog sich den Hut energisch in die Stirn und ging mit großen Schritten zur Pendeltür.

Auf den ersten Blick sah alles normal aus. Mel zapfte Bier und bediente drei Männer, die mit dem Rücken zum Eingang standen. Bruce hatte ein halbvolles Glas neben sich stehen und spielte, was das Zeug hielt.

Am Pokertisch saßen fünf Männer, die ganz offensichtlich in das Spiel vertieft waren. Zwei davon waren Dave

Longan und Bill Slown, zwei stadtbekannte Gambler. Trotzdem hatte Mc Kenzie, der die Türen nach innen drehte, wieder dieses ungute Gefühl.

„Richtig", durchzuckte es ihn, „die Mädchen fehlten!"

Und außerdem waren ganz offensichtlich alle Cowboys nach Hause gegangen, was mehr als ungewöhnlich war. Normalerweise war es verdammt schwer, Sie zum Gehen zu bewegen wenn Mel schloss. Und jetzt? Obwohl Mel offen hatte, war keiner von ihnen mehr hier?

Niemand sah auf, als Mc Kenzie betont langsam zum Tresen hinüberging. Die drei Männer, von denen er nach wie vor nur den Rücken sah, waren noch immer in ihr Gespräch vertieft. Auch Mel schien ihn nicht bemerkt zu haben, denn er sah nicht einmal auf. Seine Lippen wirkten seltsam schmal und zusammengepresst.

Schweißperlen glänzten auf seinem kahlen Schädel. Mc

Kenzies hatte genug gesehen. Vorsichtig orientierte er sich wieder Richtung Ausgang, doch dann ging alles sehr schnell.

Einer der Männer an der Theke trat ein bisschen zur Seite und Mc Kenzie sah in den Lauf eines gezogenen Colts.

„Machen Sie keine Schwierigkeiten Mister!"

Mc Kenzie hob langsam die Hände.

„So ist es gut."

Auch die beiden Anderen drehten sich um.

Es waren Profis, das sah Mc Kenzie sofort. Sie machten ihre Arbeit ruhig und ohne erkennbare Emotionen. Mc Kenzie war sich sicher, dass Smalville, dieses Wüstenkaff an der Grenze Mexikos, seit seiner Gründung, noch nie so viele Desperados auf einmal gesehen hatte.

„Öffnen Sie den Gurt mit zwei Fingern der linken Hand und lassen Sie ihn fallen!"

Der Anführer der Drei machte einen gepflegten Eindruck.

Sein nach hinten gekämmtes, kurzes Haar glänzte schwarz und den Gesichtszügen nach zu schließen, war er ein Halbblut.

Die beiden Anderen waren, das sah Mc Kenzie sofort, Texaner. Sie waren fast einen Kopf größer als ihr Boss, unrasiert und hatten kleine, tückische Augen.

„Hier ist der Andere", hörte er eine Stimme hinter sich.

Hammer wirkte ziemlich wütend, als er mit einer erhobenen Hand und einem leeren Holster zur Tür hereinkam.

„Er hat draußen gestanden, wie Du gesagt hast Boss."

Das Halbblut nickte.

„Bindet ihnen die Hände zusammen. Die Hand des Sheriffs lasst ihr in der Schlinge und macht sie dort fest. Nennen Sie es Höflichkeit unter Kollegen", sagte er zu Hammer gewandt. „Ich habe gehört, dass Sie drüben in Phönix in unserer Branche tätig waren."

Mit einer kurzen Handbewegung bedeutete er dem Barkeeper zwei Seile herüberzureichen, die sie offensichtlich vorhin schon dort deponiert hatten.

Während man sie fesselte, sahen sich Hank Hammer und Mc Kenzie an. Wo war Foils?

„Gehen Sie nach Hause Mister", befahl das Halbblut Bruce, dem Klavierspieler. „Und Sie Mister können ihre Kneipe schließen, wir danken für Ihre Mitarbeit!"

Er lüftete höflich den Hut und bedeutete seinen Kumpanen am Spieltisch, den beiden Gamblern die Waffen zurückzugeben. Es waren also insgesamt sechs dieser Kerle.

Dave Logan und Bill Slown hoben entschuldigend die Hände, als sie zu ihnen herübersahen und ihre leeren Waffen in Empfang nahmen. Auch Mel machte einen nicht gerade glücklichen Eindruck.

„Gehen wir."

Hammer und Mc Kenzie wurden zur Türe hinausbugsiert.

„Hier entlang!"
Fünf Minuten, nachdem sie den Saloon betreten hatten, gingen sie den vorhin gegangenen Weg wieder zurück.
Es dauerte nicht lange und sie hatten Hammers Office erreicht.
„Sieh nach ob jemand drinnen ist!", befahl das Halbblut und einer seiner Männer lief geduckt zum Fenster und sah hinein. Dann winkte er.
„Los geht's!"
Sie betraten das Büro.
„Wo sind die Schlüssel?"
Hammer deutete mit dem Kinn auf einen Haken hinter seinem Schreibtisch.
Die zwei Gunmen aus Mels Saloon, die seit der Verurteilung durch Richter Fallwater auf ihren Abtransport warteten traten mit funkelnden Augen an die Gitter.
„Lasst die Drei aus ihren Zellen!"
Mc Kenzie spürte, wie er wütend zu werden begann. Sie hatten sich wie Anfänger benommen. Jeder von ihnen

hatte gewusst, oder doch zumindest geahnt, dass es eine Falle war und sie waren trotzdem hineingegangen.

Diese Kerle würden sie genauso emotionslos umlegen, wie sie sie gefangen genommen hatten. Es war ihr Job und Gewissensbisse kannte diese Art von Leuten nicht, das war Mc Kenzie klar. Schließlich war er lange genug einer von ihnen gewesen.

Die zwei Desperados, die seit dem Anschlag auf den Sheriff in ihren Zellen geschmort hatten, kamen schadenfroh nach vorne.

Mit einem kurzen Kopfschütteln verhinderte das Halbblut, dass sie auf Mc Kenzie und den Sheriff losgingen.

„Sperrt sie ein, aber getrennt!"

Die Eisentüren fielen schwer hinter ihnen ins Schloss.

„Und jetzt raus hier, wir haben heute Nacht noch eine Menge zu tun!"

Das Halbblut ließ einen der langen Texaner als Wache zurück, der sich sofort über den Whiskey hermachte, als sein Chef verschwunden war.
Spöttisch hob er das randvolle Glas in Richtung der Zellen.
„Zum Wohle Sheriff, einen guten Tropfen haben Sie da!"
Er leerte den Inhalt in einem Zug und schenkte nach.
Mc Kenzie ging zur linken Seite seiner Zelle, die durch massive Eisengitter von Hammers Raum getrennt war.
„Weg da", bellte der Texaner scharf, "hier wird sich nicht unterhalten!"
„Schon gut, schon gut."
Mc Kenzie ließ sich auf die Pritsche fallen und streckte die Beine aus.
„Was ist hier los?", dachte er und sah zu Hammer hinüber, der sich ebenfalls hingelegt hatte und zu schlafen schien.

Den Stetson hatte er fest ins Gesicht gezogen.

Ihr Wärter leerte das nächste Glas und wenn er dieses Tempo beibehielt, war die Flasche in spätestens zwei Stunde leer.

Die Petroleumlampe verbreitete ein trübes Licht und Mc Kenzies Gedanken drehten sich immer wieder um dieselbe Angelegenheit. Wem hatten sie ihre Gefangennahme zu verdanken? War es Slider, oder Buck Henson? Oder hatten sich diese angeheuerten Strauchdiebe selbständig gemacht? Was hatte das Halbblut heute Nacht vor? Würden sie versuchen Slider umzulegen oder aber waren die Hensons ihr Ziel? Um an die Ranch und das Wasser zu kommen mussten sie eigentlich Beide aus dem Wege räumen.

Zur Hensonranch war es mindestens ein Tagesritt. In der Nacht brauchte man wohl eher etwas länger. Da die Desperados von viel Arbeit heute Nacht gesprochen hatten, kam eigentlich nur ein Anschlag auf den alten Slider in Frage.

Der Texaner leerte sein nächstes Glas und zündete sich eine Zigarette an. Er legte die Füße auf den Schreibtisch und machte es sich bequem. Ab und zu sah er zu ihnen hinüber und grinste.

Was würde mit ihnen passieren? Wurden sie umgelegt wenn alles vorbei war? Es sah nicht danach aus. Das hätte man dann ja wohl gleich erledigt. Vielleicht nicht mit dem Colt, das wäre zu auffällig gewesen, aber es gab noch andere Arten jemanden ins Jenseits zu befördern.

Wo war eigentlich dieser verdammte Foils geblieben? Seit er vor dem Saloon in der Nacht verschwunden war, hatten sie nichts mehr von ihm gesehen.

Vielleicht versuchte er ja den alten Henson zu warnen, nachdem er gesehen hatte, dass er und der Sheriff eingesperrt und nicht umgebracht worden waren. Wenn er das tat, überlegte Mc Kenzie, dann war klar, dass Foils zu dem gleichen Schluss wie Hammer und er gekommen war, nämlich dass Henson und Slider nicht die Einzigen waren, die sich für diese verfluchte Ranch interessierten.

Mc Kenzie sah zu ihrem Wärter hinüber, der in der Zwischenzeit fast die halbe Flasche geleert hatte.

Woher wusste dieses Halbblut eigentlich wer Hammer war? Kannte der Sheriff ihn ebenfalls?

Mc Kenzie drehte den Kopf.

Hammer lag noch immer regungslos auf seiner Pritsche. Ab und zu knackte eine Holzdiele, aber ansonsten war es völlig ruhig.

Wie lange war es her, dass er aus Colorado aufgebrochen war, weil er gehört hatte, dass es hier in Smalville für einen schnellen Colt gutes Geld zu verdienen gab? Vier Wochen, sechs Wochen?

Jedenfalls war alles anders gekommen als geplant. Er hatte versehentlich den Sohn seines zukünftigen Auftraggebers umgelegt und war damit praktisch arbeitslos geworden. Mc Kenzie grinste resigniert. In seinem Leben war bisher nur selten etwas so gelaufen, wie er es sich vorgestellt hatte!

Immerhin verdiente er als Hilfssheriff genug um sich etwas zu essen und anziehen kaufen zu können. Waffen und die Patronen stellte die Stadt. Das war immerhin besser als nichts!

Mc Kenzie erhob sich. Der Texaner war eingeschlafen!

Auch Hammer war sofort auf den Beinen und kam an die Gitterstäbe.

„Was machen wir jetzt?"

„Na was wohl?", knurrte Hammer. „Wir warten auf diesen verfluchten Foils!"

Aber Foils kam nicht.

Stattdessen öffnete sich eine Stunde später vorsichtig die Tür und Doc Watson steckte den Kopf herein. Als er sah, dass die Wache schlief, schlich er sich hinter sie, nahm kopfschüttelnd und seufzend die Whiskeyflasche, vergewissert sich dass sie leer war und schlug sie dem Texaner auf den Kopf.

Polternd fiel der lange Kerl zu Boden.

„Der Schlüssel ist dort am Haken Doc."

Watson nahm ihn von der Wand und schloss die Zellen auf.

„Woher wussten Sie, dass wir hier im sind?"

„Logan war bei mir",

„Der Spieler?", fragte Mc Kenzie.

„Ja, der und dieser Foils".

„Foils war bei Ihnen?", fragte Mc Kenzie.

„Ja. Er meinte Euch würde in den nächsten Stunden nichts geschehen."

„Was wird hier eigentlich gespielt?", fragte Hammer.

„Wir müssen herausbekommen wo das Halbblut geblieben ist", sagte Mc Kenzie entschlossen.

„Ich denke sie wollen Slider an den Kragen."

Hammer nickte.

„Auf die Idee bin ich auch schon gekommen."

„Na dann los!"

Der Mond war aufgegangen und stand groß und klar am Himmel.

In Sue Sharps Hotel schienen alle zu schlafen. Nur die Lampe über dem Eingang brannte noch.

Die Tür war verschlossen.

„Damned", knurrte Hank, „war ja klar!"

Mc Kenzie trat ein paar Schritte auf die Mainstreet zurück und lief um das Haus herum. Nach ein paar Minuten war er wieder zurück.

„Hinten raus ist ein Fenster im zweiten Stock offen", erklärte er. „Wenn Sie mir helfen, komme ich da vielleicht hoch."

„Wenn die Burschen von Slider etwas merken, knallen die Sie ab wie ein Eichhörnchen!"

„Nicht wenn Sie mir Feuerschutz geben Sheriff."

„Daran soll es nicht scheitern."

„Gut", sagte Mc Kenzie, „gehen wir!"

Sie gingen in den Hinterhof und Mc Kenzie deutete nach oben.

„Dort ist es."

Hammer nickte.

„Na dann viel Vergnügen."

Eine Minute später war Mc Kenzie bereits dabei, das Vordach barfuß zu überqueren. Der Mond gab ihm genügend Licht, so dass er gut vorwärts kam. Als er endlich das Fenster erreichte, sah er vorsichtig hinein. Das Bett war jedenfalls nicht leer. Die Decke hob und senkte sich regelmäßig und das Ein- und Ausatmen eines Menschen war zu hören.

Behutsam schwang er sich ins Zimmer und schlich sich zur Tür als er ein metallisches Knacken hinter sich hörte.

„Das haben Sie sich so gedacht Mister!", sagte eine weibliche Stimme höhnisch. „Rühren Sie sich nicht, sonst brenne ich Ihnen ein Loch in Ihren räuberischen Pelz!"

„Madame..."

„Nichts da Madame, stehen Sie still bis ich Licht gemacht habe!"

Ein Streichholz flackert hinter ihm auf und kurze Zeit später verbreitete eine Lampe ein schwaches Licht im Raum.

„Und nun drehen Sie sich um, damit ich in Ihre schändliche Visage schauen kann. Die Hände aber schön oben lassen!"

Mc Kenzie drehte sich langsam um.

Im Bett saß eine etwa 70-jährige, alte Frau mit einer Betthaube. In der Hand hielt sie einen Schiessprügel der wohl noch aus dem letzten Jahrhundert stammte. Aber trotz der schlechten Beleuchtung sah Mc Kenzie, dass das Zündhütchen aufgesteckt und der Hahn gespannt war.

„Vorsichtig", Madame", sagte er. „Diese alten Dinger pflegen dann loszugehen wenn man es gar nicht will!"

„Ich habe schon Waffen abgefeuert da warst Du noch gar nicht geboren, Schurke", entgegnete die alte Frau und schwang ihre dünnen, weißen Beine aus dem Bett. „Mitten in der Nacht bei einer alten Frau einsteigen!"

„Madame", versuchte Mc Kenzie zu erklären. „Wenn Sie die Güte hätten auf meine Brust zu schauen, da hängt ein Stern."

„Das ist richtig", bestätigte die alte Frau. „Erklärt aber

noch lange nicht, was Sie mitten in der Nacht hier treiben."

„Ich will einen Mann verhaften Madame..."

„Und da steigen Sie durch das Fenster?"

„Die Tür war verschlossen."

„Schon mal etwas vom Klopfen oder Läuten gehört junger Mann?"

„Wenn ich das tue Madame wacht der Kerl auf und ist über alle Berge bevor ich ihn kriege."

Die alte Frau stand endgültig auf.

„Na ja", sagte sie. „Und wer ist der Glückliche dem Sie Ihre Aufwartung machen möchten?"

„Fred Slider."

Da ließ die alte Frau endgültig ihre Waffe sinken.

„Na gut", erklärte Sie dann. „Diesmal lass ich das noch durchgehen. Aber lassen Sie sich das nicht zur Gewohnheit werden Mister..."

„Crown, Madame, Jeff Crown."

„Also Mister Crown. Dann gute Nacht. Sie werden verstehen, dass ich schlafen will. Und machen Sie die Türe hinter sich zu!"

„Gerne Madame." Mc Kenzie lüftete den Hut und ging zur Tür hinaus.

Der Dielenboden fühlte sich kalt unter seinen Füßen an und er tastete sich in der Dunkelheit langsam vorwärts. Da kam die Treppe. Das Holz knarrte etwas als er nach unten ging, aber trotzdem kam er ohne weitere Zwischenfälle zur Eingangstür des Hotels und machte sie auf.

„Wo bleiben Sie denn solange verdammt noch mal und was war das für ein Licht da oben?", fragte der Sheriff aufgeregt.

Mc Kenzie erklärte ihm flüsternd was vorgefallen war.

Hank Hammer grinste, das konnte er trotz der Dunkelheit sehen.

„Nichts für ungut", sagte er dann und klopfte ihm auf die Schulter. „Es wäre nur ein guter Witz gewesen, wenn einer wie Sie, von einer alten Frau in ihrem Schlafzimmer umgelegt worden wäre!"

Mc Kenzie riss ein Streichholz an und ging zum Tresen. Das Gästebuch lag offen vor ihnen.

„Komisch dass hier niemand auftaucht und uns mit Blei vollzupumpen versucht", flüsterte der Sheriff, während Mc Kenzie fluchte, weil er sich die Finger verbrannt hatte.

„Hier ist es", murmelte er, während er im flackernden Licht eines neuen Streichholzes mit dem Finger bei Sliders Namen stoppte. „32!"

Hammer deutete mit dem Daumen nach oben und zog ebenfalls die Stiefel aus.

Sie fanden Slider in seinem Bett und er war mausetot. Ein Bowiemesser hatte über seinem Herzen ein ziemlich hässliches Loch hinterlassen.

„Damned", knurrte der Sheriff. „Es wäre mir lieber gewesen, ich hätte nicht Recht gehabt!"

„Das ergibt irgendwie keinen Sinn", erwiderte Mc Kenzie. „Wo ist seine Leibwache? In diesem Beruf wechselt man nicht einfach die Seiten, auch wenn man mehr Geld angeboten bekommt!"

„Und doch haben, so wie es aussieht, Sliders Männer genau das getan", stellte Hammer trocken fest.

„Scheint mir auch so."

„Wir sollten sehen, dass wir zur Henson Ranch kommen, bevor dem Alten und seinen Söhnen das gleiche Schicksal widerfährt", erklärte der Sheriff.

Mc Kenzie steckte seinen Peacemaker ein, den er noch immer in der Hand hielt. „Ich hole den Undertaker und sage dem Mayor Bescheid.

Dananch treffen wir uns im Office."
Hammer nickte.

„Wo ist eigentlich dieser verfluchte Foils abgeblieben?", fragte Hammer. Er trank nun schon die dritte Tasse Kaffee, den ihnen Nora ins Office gebracht hatte. Sie war, nachdem, sich trotz nächtlicher Stunde, der Tod Sliders wie ein Lauffeuer in Smalville herumgesprochen hatte herübergekommen. Und auch Doc Watson ließ nicht lange auf sich warten.
„Der ist hervorragend Nora", genau das was man nach einer durchwachten Nacht braucht."
Die blonde Frau lächelte.
Sie setzte sich zu ihnen an den Tisch. Sie sah bezaubernd aus in ihrer weißen, eng anliegenden Bluse und dem weiten, braunen Rock.

Ihre blonden, seidigen Haare hatte sie nach hinten gebunden.

„Zählen wir doch einmal eins und eins zusammen", sagte sie.

„Ihr wurdet heute Nacht von diesen Desperados ausgeschaltet. Wozu?" Nora Cunnings blies sich eine Strähne aus dem Gesicht.

„Damit die Kerle sich an Slider heranmachen und ihn ermorden konnten", beantwortete Hank Hammer ihre Frage.

„Genau."

Sie strich sich nachdenklich über die Stirn. „Den Rest kann man sich an den fünf Fingern einer Hand abzählen".

Doc Watson nickte. Nach dieser Nacht sah er sehr müde aus. „So ist es", bestätigte er. „Die Burschen sind jetzt zu den Hensons unterwegs und damit alles legal aussieht, werden sie den Alten zwingen vor möglichst vielen Leuten einen Kaufvertrag zu ihren Gunsten zu unterschreiben".

„Wenn wir dem alten Foils glauben wollen, dass Will Henson nichts mit dieser Sacher hier zu tun hat", warf Mc Kenzie ein.

Hammer nickte. „Ich traue dem Burschen immer noch nicht!"

Nora Cunnings blies sich eine Strähne aus dem Gesicht. „Daran wirst Du auch guttun!"

„Na wenigstens wird dann vorerst keiner umgelegt", knurrte Hammer.

Doc Watson sah ihn zweifelnd an. „Ich weiß nicht so recht", sagte er. „Das sind ja schließlich alles nur Vermutungen…"

Nelly, eines der Mädchen aus dem Saloon kam vorbei. Mel hatte den Saloon dicht gemacht und sie aus dem Zimmer gelassen, in das sie eingesperrt gewesen waren.

Sie war ein hübsches, rothaariges Ding mit drallen Brüsten und einem fröhlichen Gesicht. Hammer unterhielt sich mit ihr und an der Art wie er es tat merkte Mc Kenzie, dass die Beiden nicht nur gute Freunde waren.

„Ich gehe jetzt ins Haus und esse noch eine Kleinigkeit bevor ich ins Bett gehe", erlärte Nora. „Wenn Sie auch noch etwas haben wollen Mister..."

„Allan", unterbrach sie Mc Kenzie, „ich würde mich freuen wenn Sie mich A... - äh ich meine natürlich Jeff nennen würden."

Nora lächelte.

„Und ja, ich würde noch sehr gerne etwas essen."

„Also gut Jeff, gehen wir, das Essen ist gleich fertig."

Mc Kenzie setzte sich und Nora trug auf. Zum ersten Mal seit Jahren dachte er darüber nach, dass diese Art von Leben gar nicht so schlecht war. Man kam nach Hause und eine Frau wartete auf einen. Später vielleicht noch ein paar Kinder die einem zwischen den Beinen herumliefen und Pa zu einem sagten.

„Allan?"

„Ja."

„Woran denkst Du?"

Mc Kenzie spürte wie ihm heiß wurde.

„An nichts Besonderes."

„Versteh mich bitte nicht falsch Allan."

Er lächelte. "Nein Nora, ich war noch nicht verheiratet."

Die blonde Frau errötete. Sie setzte sich zu ihm an den Tisch. Eine Weile lang aßen sie schweigend. Später als sie Kaffee tranken brach Nora das Schweigen.

„Ich habe Angst", sagte sie. „Angst dass Dir etwas passieren könnte."

„Ich kann schon auf mich aufpassen."

Wütend stellte Nora die Tasse auf den Tisch zurück.

„Oh ja", schimpfte sie, „ich habe gesehen wie Ihr auf Euch aufpassen könnt. Du hast ein Loch in Deinem Arm und eines in Deinem Rücken.

Hank trägt den Arm in der Schlinge. Der Doc muss Euch aus dem Gefängnis befreien und wenn Du Deinen Namen laut nennst, bist Du ein toter Mann!"

„Na", widersprach Mc Kenzie. „So schlimm ist das alles nun auch wieder nicht."

„Nicht so schlimm?", fragte Nora gedehnt. „Da draußen rennen etwa 30 gekaufte Mörder herum und Ihr seid zu zweit. Das heißt Du bist eigentlich allein, denn Hammer zählt ja wohl nicht ganz mit seiner zerschossenen Schulter. Und alles ist nicht so schlimm?"

„Nora."

„Ach, lass mich in Ruhe!"

Sie zerknüllte ihre Schürze, und warf sie auf den Tisch und rannte aus dem Zimmer.

Ein Hahn krähte als Mc Kenzie erwachte. Verschlafen

griff er nach seiner Taschenuhr und riss ein Streichholz an. 5 Uhr 30! Er hatte gerade einmal 3 Stunden geschlafen.

Im Haus war alles ruhig. Er ging leise hinunter in die Küche, fachte die Glut an und setzte den Kaffee auf. Er brach sich Brot und schnitt sich etwas Schinken ab, der über dem Abzug hing und nach Wachholder roch.

Dann nahm er seine Jacke vom Hacken, schnallte sich den Patronengurt um und ging hinaus.

Die Berge hinter Smalville waren ein schwarzes Band vor einem gerade heller werdenden Horizont. Noch schlief alles und nur ein leises klirrendes Geräusch der Sporen war zu hören, als Mc Kenzie die Mainstreet überquerte um ins Office zu kommen.

Es brannte Licht. Er klopfte und war mehr als nur überrascht den Mayor um diese Stunde bereits bei Hammer anzutreffen.

„Ah da sind Sie ja", sagte der Sheriff, der einen reichlich übernächtigten Eindruck machte.

Der Bürgermeister stand auf und gab ihm die Hand.

„Schon so früh auf den Beinen Mayor?"

Der kleine schmale Mann nickte. Aufmerksam sah er Mc Kenzie über den Rand seiner Nickelbrille hinweg an. „Ich versuche gerade Ihren Freund hier zu überreden in der Town zu bleiben."

Mc Kenzie setzte sich auf den Rand des Schreibtisches. „Und was wird dann aus den Hensons?"

„Das mit Slider waren wahrscheinlich seine eigenen Leute, wie mir der Sheriff gerade erklärt hat und vermutlich arbeiten die jetzt für die Hensons, stimmt's?"

Mc Kenzie nickte. „Das könnte stimmen. Sicher ist es jedoch nicht".

„Henson wird ihnen ein besseres Angebot gemacht haben", sagte der kleine Mann bitter. „So wie der die letzte

Zeit die Rancher ausgeblutet hat, besitzt er genügend Geld um das zu tun!"

„Ihr vergesst immer wieder die Möglichkeit, dass sich diese Gunmen selbständig gemacht haben", erinnerte sie Hammer.

Mc Kenzie sog die Luft durch die Vorderzähne. „Es ist in dieser Branche nicht üblich den Auftraggeber zu wechseln, selbst dann nicht, wenn man ein besseres Angebot bekommt."

„Das schon", gab der Sheriff zu, „aber diese Version der Geschichte würde Vieles erklären!"

Der Mayor zuckte die Achseln. „Wir bezahlen Sie für den Schutz der Bürger von Smalville", erklärte er überraschend hart. „Jedesmal wenn Sie nicht hier waren, gab es Mord und Totschlag. Ich verlange, dass Sie Ihrer Pflicht hier nachkommen meine Herren!" Er stand abrupt auf. „Überlegen Sie es sich gut, was Sie tun!"

Ohne ein weiteres Wort ging er hinaus.

„Das war klar", sagte Mc Kenzie und der Sheriff nickte.

Eine halbe Stunde später sattelten sie ihre Pferde und zogen die Gurte fest.

„Wir nehmen noch zwei Freunde mit", erklärte Hammer als sie aufsaßen.

„Zwei Freunde?"

„Jicarilla", erklärte er.

„Apachen?", fragte Mc Kenzie verwundert.

„Ich habe eine Weile bei ihnen gelebt", nickte Hammer, „als ich damals aus Phoenix verschwinden musste. Ich habe dem Häuptling das Leben gerettet und bin der Heirat mit seiner Tochter nur knapp entkommen!"

Mc Kenzie grinste und sie ritten los.

Die beiden Apachen warteten ruhig auf ihren Pferden,

als Hammer und Mc Kenzie den Stadtrand erreichten. Sie trugen zerschlissene Armeejacken und hatten sich je zwei Patronengurte um die Schulter gehängt. Die Spencergewehre hatten sie mit den Kolben auf die Oberschenkel gestellt.

„Adlerfeder", sagte Hammer und deutete auf den älteren der beiden Indianer. Zwei kluge, braune Augen blitzen Mc Kenzie aus einem verwitterten Gesicht entgegen.

„Und das ist sein Sohn Roter Fuchs."

Mc Kenzie hob die Hand.

Sie ritten schweigend an den letzten Häusern von Smalville vorbei in die Wüste hinaus. Die Sonne begann ihre ganze Kraft zu entfalten und brannte erbarmungslos auf das ausgedörrte Land.

Nach etwa zwei Stunden hob Adlerfeder die Hand und deutete auf den Boden.

„Die Bleichgesichter reiten nicht zur Ranch – tote Stadt!" Hammer nickte.

Erst jetzt wurde Mch Kenzie klar, dass die Apachen, von Anfang an eine Spur verfolgten die er, selbst jetzt, nachdem er es wusste, nicht sehen konnte.

„Wir sollten das auch tun", sagte der Sheriff, das scheint der Schlupfwinkel der Kerle zu sein."

Mc Kenzie nickte.

Sie ritten den ganzen Vormittag und auch noch einen Teil des Nachmittags. Die flimmernde Luft zeichnete Trugbilder in den Himmel und Mc Kenzie verfiel in eine Art Halbschlaf.

„Wie kommen Sie eigentlich nach Smalville?", riß ihn Hammers Stimme irgendwann aus seinen Gedanken.

Mc Kenzie grinste schwach. „Die Hensons suchten ein paar schnelle Colts..."

„Das habe ich mir schon gedacht", antwortete der Sheriff. „War ein verdammt schlechter Einstieg den Sohn seines Brötchengebers umzulegen!"

Mc Kenzie nickte.

Gegen Abend machten sie Rast. Sie tranken Wasser und aßen etwas Dörrfleisch. Dann saßen sie wieder auf. Mit der Zeit und dem Untergang der Sonne wurde es empfindlich kalt. Die Sichel eines riesigen Halbmondes beleuchtete eine Ebene, die zwischen den entfernt liegenden Bergen wie der Boden einer Bratpfanne aussah. Gegen Mitternacht zügelte Mc Kenzie seine Stute. „Die Pferde können nicht mehr", sagte Hammer zu Adlerfeder.

Der nickte.

„Wir werden sie führen", erklärte er. „Wenn wir bis zum Morgen nicht die Berge erreicht haben, kann uns jeder meilenweit kommen sehen."

Mc Kenzie wusste nicht mehr wie spät es war. Er hatte irgendwann das Zeitgefühl verloren. Seine Füße brannten und fast mechanisch ging er weiter. Endlich, im Osten wurde es bereits heller, hatten sie die Berge erreicht. Sie schlugen ein Lager auf und Mc Kenzie fiel, nachdem sie ihre Pferde versorgt hatten, fast augenblicklich in einen traumlosen Schlaf.

Als ihn Hammer wieder weckte, stand die Sonne bereits hoch am Himmel.

Der Sheriff deutete nach oben.

„Geier", sagte er.

Mac Kenzie nickte. Sie wussten Beide was das bedeutete.

Sie aßen und tranken und ließen dann die Pferde und Roten Fuchs, den Sohn des Häuptlings zurück.

„Wo ist denn nun diese tote Stadt?", fragte Mc Kenzie und musterte das rötliche Gebirge, das steil und unüberwindlich vor ihnen aufragte.

„Keine halbe Meile von hier", antwortete Hammer.

„In den Bergen?"

„In den Bergen", bestätigte der Sheriff. „Es gibt nur einen Eingang zu der Geisterstadt", fuhr er fort, „und den können wir nicht nehmen. Wir müssen über die Felsen!"

Kopfschüttelnd sah Mc Kenzie den zerklüfteten Steilhang hinauf auf den Hammer deutete.

„In etwa einer halben Stunde sind wir da."

Sie brauchten vier Stunden. Immer wieder mussten sie umdrehen und sich einen neuen Weg durch das glühendheiße Geröll suchen. Ohne Adlerfeder wären sie verloren gewesen.

Endlich erreichten sie völlig erschöpft ein Plateau von dem aus sie direkt in die Geisterstadt hinunter sehen konnten. Und da waren sie! Tief unter ihnen, in einem notdürftig reparierten Corall standen etwa 30 Pferde. Von den Männern war nichts zu sehen.

Sie warteten eine halbe Stunde bis einer der Desperados aus dem Gebäude der ehemaligen Bank, kam um etwas aus seiner Satteltaschen zu holen.

„Und was nun?"

Hammer zuckte die Achseln.

„Ich weiß auch noch nicht. Ich denke wenn es dunkel wird schleichen wir uns hinunter und schauen, ob wir etwas herausbekommen können."

Endlich war es so finster, dass sie den Abstieg wagen konnten. Es war fast unmöglich diese glatten, immer noch warmen Felsen hinabzuklettern, ohne sich den Hals zu brechen. Aber dieser Apache schien die Augen einer Eule zu haben. Ohne auch nur einmal zu zögern, kletterte er wie eine Bergziege bis in die Talsohle hinab. Dort wartete er und zeigte auf die verlassene Stadt.

„Meine Brüder werden jetzt allein weiter gehen."

„Apachen kämpfen nachts nicht", erklärte Hammer. „Sie glauben, dass der große Geist sie nachts nicht sehen kann. Wenn sie dann getötet werden, kann er sie nicht in die ewigen Jagdgründe führen und ihre Seelen gehen verloren."

„Aha", sagte Mc Kenzie. „Du hast mir noch nicht gesagt was Du vorhast."

„Zuerst schleichen wir uns zum Bankgebäude da drüben", erklärte Hammer.

„Versuch immer einen Zaun oder ein Haus dicht neben Dir zu haben, dann kann Dich keiner sehen. Ich will wissen was hier läuft!"

Sie arbeiteten sich im Schutze der Nacht bis zu dem Corall vor in dem die Pferde standen.

Die Tiere witterten ihre Nähe und schnaubten unruhig.

„Was ist meine Babys", hörten sie in eine Stimme. „Was hat euch erschreckt?"

Hammer stieß Mc Kenzie an und bedeutete ihm, liegen zu bleiben.

Lautlos verschwand er in der Dunkelheit. Wenig später fiel etwas schwer zu Boden.

„Komm jetzt."

„Damned", knurrte Mc Kenzie leise, „wo kommst Du schon wieder her?"

„Zwei Jahre bei er den Indianern und Du lernst so etwas!" Sie robbten auf den Ellenbogen und Knien bis an die Hauswand und schauten durch das Vorderfenster vorsichtig nach innen.

Es mochten ca. 30 Mann sein, die in der ehemaligen Schalterhalle der Bank saßen, oder auch auf ihren Sätteln lagen und schliefen. Der Texaner war auch dabei. Der Sheriff zeigte auf die Gewehre die entweder neben ihnen lagen, oder an der Wand standen. Mc Kenzie nickte.

Er deutete mit dem Kinn auf das Halbblut, das mit zwei anderen Männern am Tisch saß und offensichtlich etwas Wichtiges besprach.

Mc Kenzie nickte. Ja, das war der Bursche, der sie im Saloon überrumpelt hatte.

Der Andere neben ihm schien ein Mexikaner zu sein und der Dritte am Tisch, den Mc Kenzie, ebenso wie den Mexikaner, nur von hinten sehen konnte, hatte blondes Haar.

Sie konnten nicht hören was die Drei besprachen, aber an den Gesten sah man, dass es etwas Wichtiges sein musste.

„Ich versuche unter das offene Fenster zu kommen", flüsterte Hammer, „vielleicht kann ich hören, was die Kerle zu bereden haben!"

Und dann war er allein. Der Sheriff schien sich in Nichts aufgelöst zu haben. Ein gelblicher Lichtschein breitete sich dort aus, wo Licht durch das Fenster fiel. Ansonsten nur Schwarz und die Abstufungen von Schwarz. Manchmal wehte ein Gesprächsfetzen herüber und manchmal auch ein Lachen.

Pferde schnaubten und ab und an so etwas wie der Schrei eines Vogels in der Ferne.

Die Zeit kam Mc Kenzie endlos vor. Ständig befürchtete er, dass eine der Wachen ihn entdeckte, aber es blieb alles ruhig. Irgendwann war Hammer wieder da.

„Sie werden nicht glauben, wen ich bei den Halunken gesehen habe", flüsterte er.

Der alte Apache erwartete sie und führte sie an den Fuß des Plateaus zurück.

„Das war Hal Jefferson, der da mit am Tisch saß. Einer der größten Rancher hier in der Gegend!" Hammer schüttelte noch immer ungläubig den Kopf.

Mc Kenzie pfiff leise durch die Zähne. „Dann haben diese Burschen vielleicht von

Anfang an für die Farmer und Viehzüchter hier gearbeitet?"

„Das wäre denkbar", erklang Hammers Stimme rechts neben ihm. „Ebenso denkbar wäre es auch, dass Jefferson versucht die Hensonranch allein in seine Hände zu bekommen!" Der Sheriff fluchte.

„Wo ist Adlerfeder?"

„Kann das Bleichgesicht denn nicht sehen?", fragte eine Stimme über ihnen zurück.

„Nein", das Bleichgesicht sieht nicht", schimpfte Hammer.

„Rechts ist ein dürrer Busch", klang die Stimme des Häuptlings wie ein leises Wispern an ihre Ohren, „zieht Euch an seinen Zweigen nach oben!"

„Ziemlich raffiniert", bestätigte Mc Kenzie. „Diese Desperados haben sich von Slider und den Hensons anheuern lassen und in Wirklichkeit von Anfang an für diese braven Leute aus Smalville, oder diesen Jefferson gearbeitet."

„Hätte mich auch gewundert", knurrte Hammer. „Für diese Kerle mag ein Leben nichts zählen, aber auf ihre Berufsehre halten sie etwas!"
Mc Kenzie überlegte. „Aber die Schießerei vor Sue Harpers Hotel?"
„Vielleicht ein Scheingefecht", sagte Hammer, „bei dem es etwas zu heiß hergegangen ist."
„Wenn das stimmt", sagte Mc Kenzie, „ist das Leben der Hensons keinen Pfifferling mehr wert, sobald sie den Vertrag unterschrieben haben."
„Genau", sagte der Sheriff, „und ich kenne auch schon die Zeugen, die bei der Vertragsunterzeichnung dabei sein werden."
„Hal Jefferson?"
Hammer nickte. „Der und vermutlich die gesamte Viehzüchter- und Farmervereinigung in dieser Gegend. Alle werden sie zusehen, wie der alte Henson sein Todesurteil unterschreibt."

„Ein guter Plan", erklärte Mc Kenzie. „Kein Richter würde solch honorigen Mitglieder einer Stadt verdächtigen."

Hammer stand auf. „Wir haben schon genug Zeit verloren", sagte er nachdenklich. „Und beinahe hätte ich es vergessen: die haben Cane Henson in ihrer Gewalt. Der Junge saß gefesselt und geknebelt auf dem Boden!"

„Auch das noch", stöhnte Mc Kenzie, „ich habe gesehen, wie der alte Mann seinen jüngsten Sohn liebt. Der wird alles tun, um ihn aus den Klauen dieser Kerle zu befreien!"

Der Sheriff schwang sich als Letzter über den Rand des Plateaus und klopfte sich die Kleidung aus. „Wird nur nichts nützen", antwortete Hammer knurrend. „Der Junge hat Jefferson gesehen, also werden sie ihn auf jeden Fall umbringen!"

Es war verdammt mühsam die Pferde wieder zu finden und wahrscheinlich hätten sie es gar nicht geschafft, wenn der Apache sie nicht geführt hätte. Selbst Hammer hatte zwischen all dem Geröll und den Hügeln in der Schwärze der Nacht die Orientierung verloren.

Wenig später waren sie in der Wüste. Die Pferde hatten sich noch nicht wieder richtig erholt und so kamen sie nur langsam vorwärts.

Plötzlich hob Adlerfeder die Hand. Die Apachen glitten von den Pferden und bedeuteten ihnen das Gleiche zu tun. Sie brachten die Pferde dazu sich auf die Seite zu legen und legten ihnen die Hände auf die Nüstern. So wie sie alle dalagen, konnte man sie in der Dunkelheit kaum von den herumliegenden Steinbrocken unterscheiden. Da hörte auch Mc Kenzie den Hufschlag und das Schnauben von Pferden, die etwas 100 bis 200 Yards von ihnen entfernt an ihnen vorbeigaloppierten.

„Damned", knurrte der Sheriff als es wieder ruhig war. „Diese Kerle kennen sich in der Wüste offensichtlich genauso gut aus wie in ihrem Wohnzimmer!"

„Zu weit westlich", sagte der ältere der Jicarillo. „Die Bleichgesichter werde den Eingang der Schlucht verfehlen!"

Mc Kenzie schüttelte den Kopf. „Mir ist unbegreiflich, wie Ihr den Krieg gegen uns verlieren konntet", sagte er zu den Apachen. Schweigend sah er noch eine kleine Weile in die Richtung in der die Desperados verschwunden waren. „Vermutlich haben sie die niedergeschlagene Wache gefunden!"

Der Sheriff nickte. „Und da sie sich keinen Reim darauf machen können, haben sie beschlossen, ihre Pläne zügig voran zu treiben!"

Sie ließen die Pferde wieder aufstehen und saßen auf.

„Wenn die Desperados vor uns auf der Henson Ranch sind haben wir schlechte Karten", schimpfte Mc Kenzie.

Hammer schüttelte den Kopf. „Die haben wir jetzt schon", erklärte er. „Übrigens", sagte der Sheriff. „Der Anführer dieser Burschen ist Ramirez Vasquez!"

„Der Ramirez Vasquez?" Hammer nickte.

„Genau der."

„Bist Du sicher?"

Hammer nickte ernst. „Als ich unter dem Fenster lag, hat ihn Hal Jefferson mehrfach so angesprochen."

„Das hat uns zu unserem Glück gerade noch gefehlt", schimpfte Mac Kenzie. „Nicht nur dass es 30 gegen 4 sind, nein, wir müssen uns auch noch mit dem schnellsten Gunfighter Mexikos anlegen!"

Fast mit dem Morgengrauen erreichten sie den Eingang der Schlucht. Als Hammer hinein reiten wollte, hielt ihn Mc Kenzie zurück.

„Den Fehler habe ich auch schon mal gemacht", erklärte er. „Wenn sie Wachen aufgestellt haben, kann uns jeder sehen ohne selbst gesehen zu werden. Ich kenne einen besseren Weg!"

Er führte sie um den Canyon herum bis die Felswände unüberwindlich vor ihnen aufragten.

„Und nun?"

„Hier muss irgendwo der Eingang einer Höhle sein", erklärte Mc Kenzie und suchte mit den Augen den rötlichen Berg ab. Aber nicht er war es, der die Spalte entdeckte sondern der jüngere der Jicarillo.

„Wie heißt dieser Bursche eigentlich noch mal?", „fragte er leise den Sheriff.

„Roter Fuchs. Er ist Adlerfeders Sohn."

Sie nahmen die Pferde bei den Zügeln und Sekunden später hatte sie der Berg verschluckt.

Es war heiß und stickig in dieser schmalen, gerade einmal mannsbreiten Felsspalte, aber sie kamen gut voran. Gegen Mittag schließlich traten sie wieder ins Freie und verwischten alle Spuren am Ausgang.

Roter Fuchs ritt in die Schlucht, um zu sehen, ob Vasquez Männer einen Hinterhalt gelegt hatten. Der Rest der Truppe machte sich auf den Weg zu Hensons Ranch. Wenig später hatten sie das Ende der Schlucht erreicht. Bäume und Sträucher, ja selbst Blumen wuchsen hier im Übermaß.

„Was ein wenig Wasser aus einem Stück unfruchtbarem Boden alles machen kann", dachte Mc Kenzie.

Der Jicarillo hob den Kopf. Da flog auch schon Roter Fuchs tief über den Hals seines Pferdes gebeugt heran.

„Die Reiter von heute Nacht", sagte er zu Adlerfeder.

„Schnell!"

Sie wendeten die Pferde und galoppierten um die nächste Biegung, um außer Sichtweite zu kommen.

„Adlerfeder hatte Recht", sagte Mc Kenzie zu dem Apachen. „Die haben den Eingang zur Schlucht verfehlt."

„Bleichgesichter reiten schnell, sind aber blind wie Maulwürfe."

„Ich denke wir sollten sie aufhalten", sagte Mc Kenzie. „Je weniger Leute Vasquez hat, desto einfacher wird es für uns."

Noch immer waren keine Reiter in Sicht.

„Wir lassen sie an uns vorbei und schnappen sie von hinten", erklärte der Sheriff.

Mc Kenzie nickte.

Sie nahmen ihre Gewehre aus dem Scabbard und überprüften sie.

„Schießt sofort wenn einer Dummheiten macht", sagte Hammer. „Das sind Profis, die verstehen ihr Geschäft. Der kleinste Fehler ist tödlich."

„Wir müssen das schnell hinter uns bringen", ergänzte Mc Kenzie. „Von hier ist zur Henson Ranch ist es keine halbe Stunde mehr und wenn Vasquez die Schüsse hört, ist er schneller da, als uns lieb sein kann.

Da, jetzt hörte auch er den Hufschlag. Im Gegensatz zu heute Nacht gingen die Pferde sehr langsam. Vermutlich hatten ihnen ihre Reiter zu viel abverlangt, als sie den Weg verfehlten, und wieder zurückreiten mussten. Die Gäule waren schweißbedeckt und die Desperados ganz offensichtlich sehr erschöpft.

„Halt!", rief Hammer, als sie vorbei waren und sprang aus dem Versteck.

„Nehmt die Hände nach oben und keine Dummheiten!"

„Nicht umdrehen" knurrte Mc Kenzie, „und jetzt mit der linken Hand den Gurt öffnen und fallen lassen!"

„Schön langsam!", bellte Hammer, „dann habt Ihr gute Aussichten den Abend zu erleben!"

Es waren 10 und wenn sie noch gerade eben müde über den Hälsen ihrer Gäule

hingen, so saßen sie jetzt plötzlich hoch aufgerichtet und hellwach in ihren Sätteln.
„Absteigen, - eine falsche, oder schnelle Bewegung dabei und ihr seid tot!"
„Hören Sie Mister sagte einer der Gunmen von denen sie nur die Rücken sahen. „Hört sich so an als wären sie nur zu zweit, wir sind zu zehnt..."
Hammer schoss sofort. Der Desperado wurde von der Wucht der Kugel über den Kamm seines Pferdes geschleudert und blieb im Staub liegen. Die Anderen rührten sich nicht.
„Hat noch jemand vor etwas zu sagen? Dann bitte gleich. Und jetzt mit Daumen und Zeigefinger die Gürtel lösen und auf den Boden damit!"
Die Desperados gehorchten.
Als sie ihnen gegenüberstanden schwor Mc Kenzie, dass er noch nie so viele Galgenvögel auf einem Haufen gesehen hatte.
Die meisten hatten schmale, ausgemergelte Gesichter mit schwarzen, blonden oder röt-

lichen Bartstoppeln. Ihre Augen waren kalt und zu Schlitzen verengt. Man sah ihnen an, wie wütend sie waren.

Der Apache nahm sich noch einmal jeden einzelnen der Desperados vor und durchsuchte sie gründlich. Er fand Messer, die in Stiefeln steckten, eine doppelläufige Derringer mit Klebeband im Hut festgemacht und eine Smith & Wesson, die einer der Kerle unter der Achsel trug.

„Man lernt nie aus", bemerkte Hammer kopfschüttelnd und befahl dem Jicarillo die Kerle zu fesseln.

Roter Fuchs kam zurück.

„Sie haben zwei Männer zurückgelassen, die den Eingang der Schlucht bewachen", berichtete er. „Einer von ihnen hat sich wieder auf sein Pferd geschwungen und reitet in die Wüste hinaus um seinem Boss zu berichten, dass hier geschossen wurde."

„Nimm Roter Fuchs mit und kümmere Dich um sie", sagte Hammer. „Der Kerl darf die

Anderen in der Geisterstadt nicht warnen!"

Mc Kenzie nickte.

Er ritt mit dem Apachen etwa eine halbe Stunde lang durch das Dämmerlicht der überstehenden Felsen, bis der ihm bedeutete abzusitzen.

Sie banden die Pferde fest und liefen geduckt von einem Felsen zum anderen.

Roter Fuchs legte den Zeigefinger auf die Lippen und deutete nach vorne.

Mc Kenzie ging auf die Knie und robbte auf Ellenbogen und Knien um den nächsten Fels herum. Und da war er. Der Gunmen saß in einer kleinen Senke, die den Blick zum Eingang der Schlucht hin offen ließ und ihn von der anderen Seite her fast unsichtbar machte. Man musste schon ein Apache sein, um nicht über ihn zu fallen. Vorsichtig zog Mc Kenzie den Peacemaker aus dem Holster.

Der Desperado wirbelte herum, als er das metallische Klicken des Hahns hörte. Der

Colt lag so schnell in seiner Hand, dass Mc Kenzie kaum Zeit hatte abzudrücken. Der Knall rollte wie ein Donnerschlag durch die Schlucht und verlor sich erst nach einigen Sekunden. Der Desperado wurde von einer Riesenfaust gepackt und gegen die Steine geschleudert. Er riss verwundert den Mund auf und sank dann in sich zusammen..

„Roter Fuchs kümmert sich um das andere Bleichgesicht", sagte der Apache, saß auf und war wenige Augenblicke später verschwunden.

Hammer und Adlerfeder warteten bereits als Mc Kenzie wieder zurückkam. Er hatte den erschossenen Gunman auf den Rücken seines Pferdes gebunden und er sah, wie Hoffnung in den Augen der Kerle aufglomm, als sie bemerkten, dass es nur einer war, den Mc Kenzie erwischt hatte.

„Roter Fuchs holt sich den Anderen", erklärte er knapp.

„Zur Henson Ranch?"

Hammer nickte, während er Adlerfeder bedeutete mit den Gefangenen vorauszureiten.

Sie ritten mit den gefesselten Desperados unbehelligt das Tal hinab, bis an die äußere, weiß getünchte Mauer der Hazienda. Die Sonne war tauchte alles in ihr helles, gleißendes Licht.

Hammer, der den Arm noch immer in der Schlinge trug, stieg vom Pferd, als sie eines der ersten Bunkhouses der weit ausgedehnten Besitzung erreichten.

„Ich arbeite mich von hier nach vorne durch und gebe Euch Deckung."

Er klemmte sich die Winchester unter den Arm, glitt vom Pferd, und marschierte los.

Mc Kenzie und Adlerfeder ritten weiter.

Cowboys trieben eine kleine Longhornherde aus dem Corall, oder saßen vor ihren Unterkünften.

Sie alle trugen Patronengurte, oder hatten ein Gewehr in greifbare Nähe gestellt.

Mc Kenzie wettete, dass vor dem Schuss in der Schlucht hier noch niemand bewaffnet war.

Er sorgte dafür, dass sie den Stern sahen und winkte sie heran. Von weitem sah er, dass vor dem Haupthaus fünf Pferde angebunden waren.

Die Cowboys wirkten verunsichert. Sie umstanden Mc Kenzie und Adlerfeder und sahen zornig auf die gefesselten Desperados.

„Wer ist hier der Vorman?"

„Das bin ich Mister." Ein sonnengebräunter, breitschultriger Mann mit einem harten Gesicht und braunen

Augen trat vor. Er hatte muskulöse Arme, die sich unter seinem aufgekrempelten Hemd abzeichneten.

„Wer ist im Haus?", fragte Mc Kenzie ihn.

„Der Boss hat Besuch von fünf Männern, die wir hier noch nie gesehen haben."

„Ist ein Halbblut, oder ein Mexikaner dabei?"

Der Vormann schüttelte den Kopf.

„Ganz sicher nicht?"

„Das hätte ich gesehen Mister."

Mc Kenzie seufzte. „Na gut sagte er. „Habt ihr einen sicheren Platz, wo wir dieses Gesindel einsperren können?"

„Im Backhaus Sheriff", sagte ein alter Cowboy, der eine weiße Schürze umgebunden hatte. „Ich bin Bob Waxton, der Koch", stellte er sich vor.

„Na gut Mister Waxton", sagte Mc Kenzie, „sperren sie die Bande ein und passen sie auf, die sind gefährlicher als eine ganze Brut von Klapperschlangen!"

Der Alte nickte. Er bedeutete zwei seiner Kameraden ihn zu begleiten. Sie zogen die Colts und bugsierten die Desperados in Richtung eines fensterlosen Hauses mit einem großen Kamin.

Mc Kenzie stieg von seinem Pferd. „Dann wollen wir uns mal um den Besuch von Eurem Boss kümmern", sagte er grimmig.

Da ertönte links von ihm ein leiser Pfiff.

„Mister Foils." Mc Kenzie grinste. „Schön Sie auch mal wieder zu sehen!"

Wortlos kam der Alte auf ihn zu. Seine Schlangenaugen funkelten. Er spannte den Hahn seiner Winchester und stellte sich neben ihn.

„Reden wir oder gehen wir?"

„Was ist denn los?", fragte der Vormann. „Sie kommen hier mit einer Horde von Strauchdieben und Mördern angeritten....."

„Wir denken, dass dieser Besuch, den Euer Boss bekommen hat für ihn und seine Söhne tödlich sein kann!"

„Der alte Henson ist nicht hier", erklärte der Vormann. Er sah mit einem Male sehr besorgt aus. „Sie haben doch vorhin nach einem Mexikaner gefragt Mister?"
Mc Kenzie nickte.
„Nun, der alte Henson ist vor ein paar Stunden mit einem Mexikaner losgeritten!"
Ohne ein weiteres Wort zu verlieren, lockerte Mc Kenzie seinen Colt und marschierte auf das Hauptgebäude zu.

Als sie sich vorsichtig näherten klirrte Glas und eine Schrotflinte schob sich aus dem Fenster.
„Das ist nahe genug Mister, was wollen Sie?"
„Wir wollen zu Will Henson", antwortete Mc Kenzie.
„Und was wollen Sie von ihm?"
„Ich glaube nicht, dass Sie das etwas angeht ", gab Mc Kenzie zurück.

„So", sagte die Stimme gedehnt, „das werden wir ja sehen!"

Instinktiv warfen sich Foils und Mc Kenzie zur Seite und da brüllte auch schon die Riffle los und spuckte Tod und Verderben.

„Verdammt noch mal", riefen einige der Cowboys die sich ebenfalls in Deckung geworfen hatten und vorsichtig zum Haupthaus hinüber blickten. „Was ist da los?"

„Die Kerle da drinnen haben einen der Söhne Eures Bosses als Geiseln und wollen ihn dazu zwingen die Ranch zu verkaufen. Cane den anderen Hensonjungen halten sie in der verfallenen Stadt in den Bergen gefangen!"

Die Männer sahen ihn an.

„Kann ich auf Euch zählen?", fragte Mc Kenzie laut, der sich hinter einer Hauswand verkrochen hatte.

Er suchte nach Adlerfeder, aber der war wie vom Erdboden verschluckt.

„Wir sind keine Gunmen Mister."

„Das weiß ich", rief Mc Kenzie zurück und spähte vorsichtig um die Ecke. Der Gewehrlauf war verschwunden und doch hatte er das Gefühl, dass alle Fenster mit Waffen bestückt waren.

„Aber ab und zu einen Schuss auf die Fenster abfeuern, wenn wir es euch sagen, werdet Ihr ja wohl können, oder?"

Die meisten der Männer die hinter Trögen lagen, oder hinter Hauswänden Deckung gesucht hatten, nickten.

Mc Kenzie drehte sich zu Foils um.

„Wieso haben Sie uns vor ein paar Tagen allein gelassen?"

„Nun seien Sie mal nicht so nachtragend Mister Crown oder wie immer Sie heißen mögen. Der Doc hat Sie doch raus geholt oder?"

„Das schon...."

„Na also", beendete der alte Mann das Thema. „Dann wollen wir uns doch lieber mal um diese Burschen da drüben kümmern. Ich würde vorschlagen, Sie locken sie raus und ich erledige den Rest."

„Na klar, der bessere Teil für Sie", schimpfte Mac Kenzie

Er stellte sich auf seine Stiefel, während sich Foils das Gewehr zurecht legte.

„Also los!"

Mc Kenzie rannte über den Platz und warf sich hinter der Viehtränke in Deckung

Drüben aus dem Haus bellten Colts und Gewehre auf, aber die Aktion war so überraschend gewesen, dass sie nicht trafen.

Foils schoss nur einmal und ein kurzer Aufschrei zeigte, dass er einen erwischt hatte.

„Vier", dachte Mc Kenzie, „nur noch Vier."

Er nahm seine Peacemaker und schoss blitzschnell zwei Kugeln in das zerschlagene Vorderfenster des Hauses. Nichts geschah.

Plötzlich sah Mc Kenzie, wie der Indianer auf dem Dach des Hauses auftauchte. Er hatte weder gesehen wo, noch wie Adlerfeder dort hinauf gekommen war. Die Zeit drängte. Vasquez Leute konnten jederzeit zurückkommen. Mc Kenzie spannte hinter dem Brunnen alle Muskeln und rannte dann Richtung des etwa 20 Yards entfernten Bunkhouses los.

Er war angenehm überrascht, dass ihm nun auch einige der Cowboys Feuerschutz zu geben schienen und in die Fenster des Haupthauses hinein schossen. Glas klirrte und der stechend kurze Knall einer Winchester zerriss die Luft.

Dieses Mal schoss Foils zweimal und Mc Kenzie wusste, dass es jetzt höchstens noch drei waren.

Dieser alte Mann war ein Phänomen. Nicht zu glauben, wie gut und sicher er schoss! Vermutlich bekamen es die Desperados in dem Haus schon mit der Angst zu tun. Sie hatten innerhalb von fünf Minuten die Hälfte ihrer Männer verloren. Auch Adlerfeder war verschwunden. Er befand sich mit Sicherheit bereits innerhalb des Hauses.

„Wenn Sie den Henson Jungen lebend haben wollen, dann hören Sie auf zu schießen!", rief eine Stimme aus dem Inneren des Hauses.

„Wir kommen jetzt raus und ich würde Euch raten das Feuer einzustellen!"

Die Vordertür bewegte sich knarrend in den Angeln und zwei baumlange Kerle schubsten den an den Händen gefesselte Buck Henson aus dem Haus. Einer von ihnen war der Texaner, den sie schon einmal eingesperrt hatten. Sie hielten den Henson Jungen die 45er an den Kopf und bewegten sich schnell hin und her und über Kreuz, um kein Ziel zu bieten. Ihre Gesichter waren verzerrt und Angst spiegelte sich in ihren Mienen, aber auch Entschlossenheit. Sie wussten, dass dies ihre letzte Chance war hier lebend herauszukommen.

„Kommt gefälligst raus aus Eurer Deckung!", bellte der Texaner, so dass wir Euch sehen können!"

Mc Kenzie gab den Cowboys ein Zeichen, die sich widerwillig erhoben. Er selbst stand ebenfalls auf.

„Legt die Waffen weg", rief der Texaner, „dann lassen wir Buck frei, sobald wir in Sicherheit sind!"

„Das könnte Euch so passen", rief Mc Kenzie. Er wusste, dass Foils nur auf eine Gelegenheit wartet den Finger krumm zu machen, aber er konnte nicht Beide auf einmal erledigen. Aus den Augenwinkeln heraus sah er, wie der Alte Maß nahm. Gerade wollte er ihn stoppten, als hinter den beiden Desperados der Apache auftauchte.

Dann ging alles blitzschnell. Noch während das Messer durch die Luft flog zog Foils den Abzug durch. Der

Schuss fegte den Texaner von den Beinen, während der andere Desperado eine Bewegung machte, als wolle er das Knife aus seinem Rücken ziehen. Dann brachen seine Augen und er fiel schwer zu Boden.

Mc Kenzie rannte auf Buck Henson zu. Er war in schlechter Verfassung. Er war nervös und die Gefangenschaft schien ihm nicht behagt zu haben.

„Schnell Mister diese Gauner wollen das Grundstück auf sich übertragen lassen und Pa spielt mit, weil er denkt, dass Sie uns ansonsten umlegen werden!"

„Wer sind die Gauner?", fragte Hammer, der inzwischen auch zu ihnen gestoßen war.

„Vasquez und seine Bande", sagte Buck Henson mit finsterem Gesicht.

„Ich dachte das sind Ihre Leute?", fragte Hammer spöttisch.

„Das waren sie auch, aber jetzt haben sie sich selbstständig gemacht."

Hammer Foils und Mc Kenzie sahen sich nur vielsagend an.
Die Hensons hatten also keine Ahnung was hier wirklich gespielt wurde!

Keine halbe Stunde später befanden sie sich, mit frischen Pferden, bereits wieder in der Schlucht. Sie nahmen den geheimen Ausgang, um Vasquez, falls er zurückkehren sollte, nicht zu begegnen. „Der hat andere Sorgen", sagte Foils, der genau so wenig wie Buck Henson wusste, dass die Deperados im Auftrag der Viehzüchter und Farmer handelten. Und weder Mc Kenzie noch Hammer sahen einen Grund sie darüber aufzuklären.
„Ich denke, dass er auf direktem Weg nach Smalville reitet, um das Geschäft ab-

zuwickeln. Danach kann ihm keiner mehr etwas anhaben."

„Das müssen wir verhindern", sagte Buck Henson.

„Halt die Klappe Buck", antwortete Foils zornig. „Du hast schon genug Unheil angerichtet, als Du diese Kerle angeheuert hast!"

Die Sonne brannte heiß auf sie herab und Mc Kenzie zog etwas Dörrfleisch und ein Stück Brot aus der Satteltasche, bevor sie den geheimen Zugang betraten.

„Es ist ziemlich lange her, dass wir etwas Warmes gegessen haben", schimpfte er. Hammer nickte.

„Eine Mütze Schlaf wäre auch nicht das Verkehrteste. Wo haben Sie eigentlich gesteckt Foils?", fragte er als sie die Höhle wieder verließen und den endlos langen Playa vor sich hatten.

„Ich war draußen", erklärte der Alte, „Als ich sah wie der Doc Euch rausgehauen hat, bin ich auf schnellstem Wege zu den Hensons geritten um sie zu warnen."

„Zu warnen wovor?"

„Davor dass dieser Mexikaner jetzt auf eigene Rechnung arbeitet."

„Nur damit Ihr Bescheid wisst", sagte Hammer nun doch. „Die Desperados arbeiten nicht auf eigene Rechnung, sondern für die Rancher und Farmer von Smalville, oder vielleicht auauch nur für Jefferson!"

Buck Henson wurde aschfahl im Gesicht. „Das ist unmöglich", stieß er hervor.

„Aber wieso?", fragte er, „wieso schicken die uns dieses Mordgesindel auf den Hals?"

„Ich denke das Wasser das Ihr ihnen verkauft habt, war ihnen auf die Dauer zu teuer", mischte sich nun auch Hammer ein.

„Die haben die ganze Zeit schon für die Viehzüchter gearbeitet?", fragte Buck Henson ungläubig.

Hammer nickte. „Und Ihr habt sie auch noch zu Euch nach Hause eingeladen!"

„Ihr habt Euch die Läuse praktisch selbst in den Pelz gesetzt", ergänzte Mc Kenzie.

„Hatte mich schon gewundert was Sliders Leibwache plötzlich bei den anderen Kerlen zu suchen hatte", brummte Foils. „Der hat sich also seine eigenen Mörder eingestellt und bezahlt."

„Genau wie die Hensons auch", bestätigte der Sheriff.

Die heiße Luft tanzte auf dem ausgetrockneten See, der Schweiß lief ihnen die Körper hinab und die Pferde ließen die Köpfe hängen.

Gegen Nachmittag hielt Adlerfeder an und sprang ab. Er untersuchte den Boden und richtete sich dann auf.

„Drei Reiter", sagte er, „reiten zur Geisterstadt."

„Bist Du sicher?", fragte Hammer. „Nicht nach Smalville?"
„Geisterstadt", erklärte der Indianer bestimmt und machte mit der Hand eine Bewegung in diese Richtung.
„Na dann haben wir noch etwas Zeit", sagte Mc Kenzie. „Vasquez scheint zuerst einmal seine Mannschaft und seine Geisel zusammenzutrommeln bevor er nach Smalville geht."

Es dauerte etwas Buck Henson zu bewegen, seinen Vater erst einmal in den Händen der Banditen zu lassen.
„Solange er nicht unterschrieben hat, passiert ihm nichts", beruhigte ihn Hammer. „Und dazu brauchen sie Zeugen, damit hinterher niemand irgendwelche Zweifel anmelden kann."

„Sie meinen Pa kommt in die Town um das Geschäft abzuwickeln?"

„Alles andere würde komisch aussehen und Vasquez möchte doch, dass seine Auftraggeber als ehrenwerter Geschäftsmänner erscheinen, welche die Ranch ordentlich und legal gekauft haben."

Buck Henson nickte.

„Ich glaube Sie haben Recht Mister Hammer. Jedenfalls hoffe ich das!"

Sie erreichten Smalville ohne weitere Zwischenfälle mitten in der Nacht.

Nora Cunnings war überrascht und erfreut zugleich, als sie den Sheriff und Mc Kenzie wohlbehalten und unverletzt wieder sah.

Mc Kenzie nahm sie in den Arm und hielt sie fest. Er spürte wie sie vor Aufregung zitterte.

„Ihr werdet Hunger haben und...", sie rümpfte die Nase, „ein Bad wäre auch nicht schlecht."

„Stell die Pferde in den Stable", befahl der Sheriff Buck Henson. „Und geh hinten herum. Es braucht niemand zu wissen, dass wir in der Stadt sind. Gib Lether 10 Dollar, damit er die Klappe hält!"

„Der schläft doch garantiert schon", sagte Buck Henson missmutig."

„Dann weck ihn auf."

Hammer hatte keine Lust lange herumzureden, das merkte man ihm an.

Die letzten Stunden hatte er immer wieder an seine verletzte Schulter gegriffen. Er schien Schmerzen zu haben, obwohl er nichts sagte. Mc Kenzie und Buck Henson füllten den Holzzuber, den Nora in die Küche gestellt hatte mit heißem Wasser. Weißer Dampf stieg an die Decke. Danach badeten sie, aßen eine Kleinigkeit und legten sich im Wohnzimmer auf ihre Sättel, um zu schlafen. Lediglich Nora und Mc Kenzie blieben noch eine Weile wach und unterhielten sich. Als er jedoch mitten in einem Satz einschlief und zur Seite sank, lächelte sie, deckte ihn zu und ging ebenfalls zu Bett.

Am anderen Morgen war Hammers Schulter entzündet. Doc Watson wechselte den Verband und desinfizierte die Wunde.
„Du brauchst Ruhe Hank", sagte er. „Die Strapazen der letzten Tage waren zu viel für Dich!"
Um Nora nicht zu gefährden waren alle noch im Morgengrauen und nach einem kräftigen Frühstück ins Office des Sheriffs umgezogen.
„Lass Dich nicht blicken", schärfte Hammer Buck Henson ein und schickte Mc Kenzie um Whiskey zu holen.
„Lass mal", sagte Doc Watson, „ich mach das

schon selber, - ich hatte im Gegensatz zu Euch noch kein Frühstück."

Er blinzelte vergnügt und ging zu Mels Saloon hinüber. Mc Kenzie schaute ihm nach und setzte sich dann auf den alten Holzstuhl auf die Veranda vor dem Office.

Die Bewohner von Smalville sollten ruhig sehen, dass es wieder ein Gesetz gab in dieser Stadt.

Ruhig sah er wie die Town langsam erwachte.

Adlerfeder stand hinter ihm und sagte kein Wort. Hammer hatte leichtes Fieber und schlief auf einer der Pritschen den Schlaf der Gerechten, während Buck Henson und Foils am Tisch saßen, rauchten und Karten spielten.

Mc Kenzie drehte sich eine Zigarette.

„Willst Du?"

Adlerfeder nickte, nahm den Tabakbeutel und stopfte sich eine kleine Pfeife, die er um den Hals trug.

Eine Zeit lang rauchten sie schweigend.

Der Mayor und der Blacksmith kamen herüber. Gaarder war schon am frühen Morgen rußverschmiert. Der Mayor trug einen seiner üblichen, viel zu weiten Anzüge, die beim Gehen um seine Beine schlotterten.

„Sind wir froh dass Sie wieder da sind Mister Crown. Wir haben uns schon richtig Sorgen gemacht!", sagte der Mayor und gab Mc Kenzie die Hand.

„Mein Freund Adlerfeder", Mc Kenzie zeigte auf den Apachen.

Der Bürgermeister gab auch ihm die Hand. Die ganze Zeit über war Gaarder der Blacksmith missmutig auf der unteren Stufe der Veranda stehen geblieben.

„Was, wenn nun etwas passiert wäre?"

Mc Kenzie ging zu ihm hinunter. Obwohl der Blacksmith kein Zwerg war, überragte er ihn doch um Haupteslänge.

„Es ist genügend passiert", erklärte er, „aber nicht hier. Kommen Sie mit rein Mayor, wir müssen da ein paar Dinge mit Ihnen klären."

Der Mayor war nicht schlecht überrascht, als er das Innere des Office betrat.

„Na so was", sagte er und rückte seine Nickelbrille zurecht.

„Buck Henson und Tom Foils. Fehlen nur noch Will und Cane."

„Um die geht es eben ", erklärte Mc Kenzie, als der Bürgermeister alle begrüßt hatte.

„Vasquez hat den alten Henson und Cane in seiner Gewalt. Sie werden sehr bald mit ihnen in die Stadt kommen, um den Vertrag zum Verkauf der Henson Ranch zu unterzeichnen."

„Das wird der alte Henson niemals…"

„Das wird er doch", unterbrach ihn Buck Henson. „Er denkt nämlich, dass mich Vasquez Leute auf unserer Ranch gefangen halten, während sie meinen Bruder in dieser Geisterstadt festgesetzt haben."

„Genau", fuhr Mc Kenzie fort.

Der Mayor nickte.

„Ich verstehe."

„Man sollte den Burschen einfach umlegen", schlug der Blacksmith vor.

„Vasquez kommt nicht allein."

Hank Hammer war aufgewacht und schwang seine Stiefel über die Pritsche.

„Er hat mindestens 15 bis 20 Mann dabei", erklärte Mc Kenzie..

„Nein, wir müssen versuchen das anderes zu regeln."

„Was schlagen Sie vor?", fragte der Mayor.

Natürlich wusste Mc Kenzie, dass sie ein Risiko eingingen, wenn sie dem Mayor und Joe Gaarder vertrauten, andererseits sagte ihm sein Instinkt, dass beide brave Bürger waren.

„Wir dachten daran die Mexikaner festzusetzen, wenn er in Ihrem Büro auftaucht um den Vertrag zu unterschreiben."

„Ohne Vasquez werden uns die Anderen vermutlich keine Schwierigkeiten machen."

Mc Kenzie und Hammer sahen sich an. Wenn der Bürgermeister und der Schmied ein falsches Spiel spielten, waren sie verloren!

„Hört das jemals auf? ", fragte Nora als Mc Kenzie gegen Mittag zu ihr ging.

„Aber ja", sagte er. „Vorausgesetzt dass sich die Geschichte nicht herumspricht."

„Du meinst, falls der Mayor und der Blacksmith nicht in das Komplott verwickelt sind?"

Mc Kenzie nickte und seufzte dabei.

„Ein großes Risiko, das Ihr da eingeht!", sagte sie nur, nachdem er fertig erzählt hatte. Sie sah schön aus wie sie so dastand und ihre Hände hob.

„Wirst Du hierbleiben wenn das alles vorbei ist?"

„Ich denke ja."

„Das ist schön", sagte sie nur und er sah, wie sie leicht errötete.

Da flog die Tür auf und ein junger Bursche mit pickeligem Gesicht stürzte ins Zimmer.

„Ich soll Ihnen ausrichten, dass Vasquez kommt!", presste er atemlos hervor. Vermutlich war er den ganzen Weg über gerannt.

„Ist gut." Mc Kenzie nickte und gab dem Jungen einen Dollar.

„Danke."

Er sah wie sich Noras Augen weiteten, wie sie zu Boden blickte, um ihre Furcht nicht zu zeigen und er wusste, dass er wiederkommen wollte.

„Bis später", sagte er.

„Ja, bis später."

Er war gerade eben erst im Office angekommen, als man den Mexikaner, den alten Henson und Cane Henson bereits am anderen Ende der Mainstreet sehen konnte. Sie ritten nebeneinander und nichts deutete darauf hin, dass irgendetwas nicht in Ordnung sein könnte. Es war schwer Buck Henson vom Fenster fern zu halten, weil er unbedingt sehen wollte, wie es seinem Vater und seinem Bruder ging. Aber schließlich sah es doch ein.

Langsam ritten sie die Mainstreet herauf, bis sie vor dem Office des Sheriffs ankamen.

„Ah Mister Hammer", begrüßte Vasquez den Sheriff. „Ich sehe, Ihre Schulter macht noch immer Probleme?"

Er trug einen reich verzierten Sombrero und auch seine Weste war mit Stickereien bedeckt. Die Colts waren frisch poliert und hatten teure Perlmuttgriffe.

„Sie haben vielleicht Nerven", sagte Mc Kenzie und trat einen Schritt aus dem Halbdunkel des Office nach vorne. „Erst überfallen Sie uns, sperren uns ein und dann tauchen Sie hier auf als sei nichts geschehen!"

Vasquez lachte und zeigte dabei eine Reihe schneeweißer Zähne.

„Ich bitte Sie, - ein dummer Jungenstreich nichts weiter. Eine Wette, - nichts wofür es sich lohnen würde sein Leben zu verlieren."

„Der Hinweis war deutlich", dachte Mc Kenzie. Und grinste ebenfalls.

„Vergeben und vergessen", sagte er und hob die Hände.

„Ich lade Sie zu einem Drink ein,Sie alle ", sagte der Mexikaner dann, „sobald Mister Henson hier und ich unsere Geschäfte abgewickelt haben. Und jetzt entschuldigen Sie uns bitte, wir haben noch zu tun."

Er lüftete den Sombrero und ritt vorüber.

Die ganze Zeit über hatte Will Henson geschwiegen. Stumm saß er auf seinem Pferd und verfolgte die Unterhaltung zwar regungslos, aber mit wachen Augen.

„Wo sind seine Leute?", fragte Hammer, als sie weit genug weg waren. „Du glaubst doch nicht, dass er allein in die Stadt gekommen ist."

„Bestimmt nicht", Tom Foils schüttelte den Kopf. „Ich vermute mal, dass sie sich heute Nacht hier eingeschlichen haben."

„Na dann lasst uns zum Mayor gehen und den Kerl festnageln, bevor ich noch länger über diese Geschichte nachdenke."

Sie überprüften ihre Colts, gingen zum Hintereingang hinaus und erreichten unbemerkt die Rückseite des Rathauses.

Die Tür war offen und nachdem sie ihre Stiefel ausgezogen hatten, schlichen sie hinein.

Sie hörten die Stimme des Mayors und dann Will Henson.

„Hör zu Bürgermeister, ich hab Dir doch gesagt, dass ich das freiwillig tue. Niemand hat mich dazu gezwungen und wenn Du Dir den Kaufpreis anschaust, dann ist es immer noch doppelt so viel, wie ich an den alten Slider bezahlt habe."

„Nun gut Henson, Du musst wissen was Du tust. Wir brauchen noch zwei neutrale Zeugen, damit der Vertrag seine Gültigkeit hat. Ich schicke Bill sie zu holen. In der Zwischenzeit können wir ab..."

Weiter kam er nicht. Adlerfeder riss die Tür auf und der Mexikaner blickte in die Mündung von 3 gezogenen Colts.

Erstaunt ob er die Arme und schaute sie ungläubig an.

„Was... ", begann er und schwieg dann.

Nur der alte Henson wurde wütend, als er sich vom ersten Schreck erholt hatte.

Seinem Sohn Cane hingegen stand die Panik ins Gesicht geschrieben.

„Damned", fluchte der alte Henson, „damned, wisst Ihr überhaupt was Ihr da tut?"

„Keine Sorge Will", beruhigte ihn Foils.

„Buck ist in Sicherheit. Er wartet im Office auf Dich. Ihm ist nichts passiert."

Will Henson schnappte nach Luft und ließ sich erleichtert auf seinen Stuhl fallen.

„Dem Himmel sei Dank", flüsterte er mit einem Seitenblick auf Cane und wischte sich den Schweiß von der Stirn.

Adlerfeder nahm Vasquez die Waffen ab und untersuchte ihn noch einmal gründlich. Außer einer Derringer im Schulterhalfter fand er noch zwei Wurfmesser in den Ärmeln der reich bestickten Weste.

Vasquez hatte bisher noch kein Wort gesprochen.

„Das werdet Ihr bereuen Companeros", erklärte er, als Adlerfeder die letzte Waffe auf den Tisch legte.

„Das werdet Ihr bereuen!".

Vorsichtig öffnete Mc Kenzie die Hintertür des Rathauses und sah auf den Hof hinaus. Nichts rührte sich.
„Los jetzt!"
Sie stießen Vasquez nach draußen und folgten ihm, wobei sie jede Deckung ausnutzen.
„Was machen wir wenn sie auf und schießen? ", fragte Hammer.
„Ich verpasse ihm eine Kugel", antwortete Mc Kenzie knapp und man hörte ihm an, dass er es ernst meinte.
Sie durchquerten die letzten Seitengassen vor dem Office. Jetzt mussten sie nur noch über die Mainstreet und sie waren erst einmal in Sicherheit.
Will Henson war dicht hinter ihnen.

„So Mister Crown, lass uns schauen wie viel von den Burschen wir ausfindig machen können."

Vorsichtig spähten beide um die Ecke.

„Auf dem Dach genau gegenüber ist einer", begann der Sheriff.

„War einer", korrigierte ihn Hammer.

Mc Kenzie schaute noch einmal hinauf und sah wie Adlerfeder dort stand, wo er gerade noch den Desperado gesehen hatte.

„Wo hast Du bloß diese Kerle her?", fragte Mc Kenzie bewundernd. „Vor denen kann man wirklich Angst bekommen!"

„Das solltest Du auch", grinste Hammer. „Adlerfeder war ein berühmter Kriegshäuptling seines Stammes und nicht eben für seine Zimperlichkeit bekannt!"

„Sollten wir nicht lieber schauen, dass wir über die Straße kommen", knurrte Will Henson hinter ihnen.

„Nach Ihnen Mister Henson, nach Ihnen", sagte der Sheriff. „Wenn Sie ihren ältesten Sohn jedoch noch lebend wiedersehen wollen, würde ich noch einen Moment warten."

„Also vor Su's Hotel stehen noch zwei von den Typen herum", fuhr Mc Kenzie fort. Er schaute zu Adlerfeder hinauf und hob fragend die Schulter. Der Apache deutete auf Millers Store.

„Hätte ich mir denken können", knurrte Mc Kenzie.

Dann zeigte der Indianer noch auf den Seiteneingang zwischen dem Hotel und dem Store und hob zwei Finger.

„Also insgesamt sind es noch fünf", rechnete der Sheriff.

„Na, dann wollen wir mal."

Er spannte den Hahn seines Coltes und drückte den Lauf Vasquez in die Rippen.

„Wenn Du leben willst, redest Du jetzt am besten mit Deinen Leuten!"

Er schob den Mexikaner nach vorne Richtung Straße.

„Compadres", rief Vasquez. „Nicht schießen, - habt Ihr verstanden? Nicht schießen!"
Sie blieben eng bei den Mexikaner und traten ins helle Sonnenlicht der Main Street hinaus.
Jetzt sah Mc Kenzie den Lauf eines Gewehres aus Millers Store in der Sonne blinken.
„Nicht schießen Compadres!", rief Vasquez noch einmal.
Die Burschen vor Sue Sharps Hotel waren unschlüssig was sie tun sollten. Der Lauf des Karabiners folgte jeder ihrer Bewegungen und in der Seitengasse war ein dunkler Schatten zu erkennen.
Buck Henson trat vor die Tür des Office, als sie ungefähr die Hälfte der Straße überquert hatten um ihnen Feuerschutz zu geben.
„Verzieh Dich Junge", rief ihm Tom Foils entgegen. „Wir kommen alleine klar!"
Sekunden später waren sie im Office angekommen.

„Verriegelt die Tür und bewacht die beiden Fenster", befahl Hammer und wischte sich den Schweiß von der Stirn. „Und Sie Mister Vasquez ab in die Zelle!"

„Das war ein Fehler Sheriff", erklärte der Mexikaner leise und seine Augen funkelten, „ein schwerer Fehler!"

Will Henson umarmte seine Söhne.

"Thanks", sagte er. Die Erleichterung sie so plötzlich unversehrt und munter vor sich zu sehen, war ihm deutlich anzumerken.

„Wie geht es jetzt weiter?", fragte Tom Foils, „wir können hier schlecht die ganze Zeit nur herumsitzen."

„Wo ist eigentlich Adlerfeder?"

Mc Kenzie sah vorsichtig durch das Fenster nach draußen.

„Keine Ahnung, die Street ist wie leergefegt", bemerkte er.

„Wir machen einen Ausbruch und knüpfen uns die Kerle einzeln vor", schlug Buck Henson vor.

„Klar", sagte der Sheriff, „eine hervorragende Idee Buck, nur dass Du nicht einmal lebend über die Schwelle dieser Tür kommst!"

Mc Kenzie fühlte sich unter den Hensons sehr unwohl. Er spürte immer mehr, wie ihn sein Gewissen plagte. Endlich gab er sich einen Ruck.

„Mister Henson", sagte er und sah in das finstere, bärtige Gesicht des alten Henson.

„Wir sollten da mal was klarstellen."

Hank Hammer schüttelte im Hintergrund den Kopf und winkte ab. Aber Mc Kenzie ließ sich nicht beirren.

„Ich habe Ihren Sohn erschossen!"

Buck Hensons Hand fuhr zum Colt, aber da hielt ihm Mc Kenzie auch schon den

Lauf seiner Peacemaker unter die Nase. Ungläubig starrte ihn Buck Henson an.

„Ich habe keine Lust noch einen Henson zu erschießen", knurrte Mc Kenzie. „Aber wenn es sein muss…"

Der alte Henson und Cane, sein jüngerer Bruder waren aufgesprungen.

„Lass das Junge", sagte Foils, „das ist nicht der Augenblick um sich gegenseitig umzulegen!"

Der alte Henson ließ sich schwer auf einen der Stühle fallen. Er rieb sich gequält die Schläfen.

„Hören Sie zu Mister", sagte er dann und sah Mc Kenzie müde an.

„Ich nehme an Sie haben einen Grund mir das jetzt zu sagen."

Mc Kenzie nickte.

„Du Schwein", fluchte Buck, "Joe hatte keine Chance gegen Dich! Dafür wirst Du büßen!"

Ungerührt bohrte ihm Mc Kenzie den Lauf seiner Peacemaker in das Nasenloch. Seine blauen Augen waren wie Eis, so dass sich der Junge nicht zu rühren wagte.

„Kapiert Du das denn nicht Kleiner?", fluchte er. „Es gibt nur dieses eine Leben und das schmeißt man nicht so einfach weg!"

„Halt den Mund Buck", befahl nun auch der alte Henson.

„Sagen Sie was Sie zu sagen haben Mister."

„Wir haben gepokert und Ihr Sohn hat verloren. Er hat so schnell gezogen, dass ich keine andere Wahl hatte. Es tut mir leid."

„Das macht Joe nicht wieder lebendig", sagte Cane Henson bitter. „Joe war ein Hitzkopf, er hatte sich nicht unter Kontrolle, aber das hat er nicht verdient."

„Dein Bruder hat schon zwei Leute erschossen", entgegnete Will Henson. „Das war nicht recht. Ich habe ihm immer wieder gesagt, dass er so enden würde, aber er wollte nicht hören."

Der alte Henson machte eine Pause.

„Ich glaube Ihnen Mister. Crown."

„Mc Kenzie."

„Nun gut Mister Mc Kenzie, ich kann Sie wohl schlecht bitten, mich jetzt allein zu lassen."

„Damned", bemerkte Foils, der trotz der angespannten Situation immer wieder nach draußen geschaut hatte.

„Die Burschen bekommen Verstärkung."

Mc Kenzie gab sich einen Ruck und steckte die Peacemaker wieder in das Holster.

„Sind es die Kerle von der Ranch?"

„Nein", sagte Foils. „Ich denke das sind die Desperados aus der Geisterstadt."

„Wie viele?"

„Ich zähle sechs", antwortete Foils.

„Also die Elf gegen uns Sechs hier", sagte Hammer. „Dabei sind zwei Greenhorns, ein alter Mann und ein

Krüppel, - schöne Aussichten!"

„Ihr habt Adlerfeder vergessen", warf Mc Kenzie ein „und seinen Sohn und die zählen mehr als doppelt."

Foils nickte.

„Wir warten bis es dunkel ist und dann geht es los."

Als es Nacht wurde, zündeten sie keine Lampe an und Hammer setzte sich zu Vasquez an die Zelle.

„Wie soll es weiter gehen Vasquez?", fragte er ihn.

„Du weißt dass Du hier nicht lebend raus kommst."

„Warten wir es ab", sagte der Mexikaner lächelnd, „warten wir es ab."

Mc Kenzie Gehirn begann plötzlich fieberhaft zu arbeiten. Dieser Bursche war zu selbstsicher. Er schien sich nicht die geringsten Sorgen über seine Zukunft zu machen. Da musste etwas dahinterstecken!

„Hank?"

Der Sheriff drehte sich um.

„Was ist?"

"Komm mal hier rüber."

Er zog Hammer etwas zur Seite und sagte: „Der hat etwas vor. Was würden wir an seiner Stelle tun, - überlege, schnell, - ich habe den Eindruck als hätten wir nicht viel Zeit!"

„Geiseln", mischte sich der alte Foils in ihr Gespräch ein. „Seine Leute werden Geiseln nehmen und sie gegen ihn austauschen."

„Das hätten Sie schon längst tun können."

„Haben Sie", sagte Foils, „darauf verwette ich meinen Hut."

„Was sollen wir tun?", fragte Mc Kenzie.

„Warten", sagte Foils. „Wir warten."

Buck Henson der die ganze Zeit kein Wort gesagt hatte stand auf.

„Ich jedenfalls warte nicht", erklärte er.

„Ich knöpfe mir diese Burschen vor, ob mit oder ohne Euch."

„Sheriff!"

Die Stimme die draußen aus dem Dunkel kam, hatte diesem kalten, unbeteiligten Ton, der vielen dieser Gunmen zu Eigen war.

„Wir haben hier etwas, was Sie sich unbedingt ansehen sollten!"

Hammer stand auf und ging zum Fenster.

„Verflucht", sagte er dann.

„Da drüben stehen Nora, der Mayor, Doc Watson und Hanks Freundin aus dem Saloon.

„Jetzt geht es los!"

„Was wollt Ihr?", rief Mc Kenzie überflüssigerweise hinüber.

„Schickt Vasquez raus und diese braven Leute kommen alle wieder in ihre warmen Betten. Wenn Ihr es nicht tut dann erschießen wir jede halbe Stunde einen. Und mit dieser hübschen jungen Dame hier fangen wir an." Der Bursche stieß Nora Cunnings nach vorne. „Die Zeit läuft Sheriff. In genau einer halben Stunde gibt es hier den ersten Toten!"

Im Office herrschte betretene Stille.

„Wofür Vasquez?", fragte Mc Kenzie den Mexikaner. „Dein Coup mit der Ranch ist gestorben. Du hast verloren. Du kannst nicht eine ganze Stadt auslöschen, - dafür seid Ihr auch zu wenige. Wofür also?"

Der Mexikaner zuckte die Achseln.

„Ich kann es nicht leiden eingesperrt zu sein und Mister Mc Kenzie ich habe mir noch nie etwas wegnehmen lassen und wenn doch, dann haben es diejenigen, die es versucht haben bitter bereut."

„Ich verstehe."

Hammer holte die Schlüssel.

„Sie können doch nicht...", protestierte Buck Henson.

„Haben Sie einen besseren Vorschlag?", bellte Hammer wütend zurück. „Wegen Leuten wie Ihnen stecken wir doch in dieser Klemme!"

„Los raus jetzt Vasquez. Keine falsche Bewegung, ich habe gerade einen fürchterlich nervösen Zeigefinger."

Sie öffneten die Vordertür und stellten den Mexikaner in den Türrahmen.

„Heh, Ihr da drüben", rief Hammer. „Schickt die Geiseln in die Mitte der Street. Euer Boss läuft jetzt ebenfalls los. Eine falsche Bewegung, ein Schuss und alles ist vorbei, ist das klar?"

„Klar", sagte die unbeteiligte Stimme.

Gleichzeitig traten die Geiseln aus dem Schatten und fingen an die Mainstreet zu überqueren.

„Los jetzt Vasquez und schön langsam, nur keine Eile, das Höllentor ist weit offen für Dich!"

Hammer war so wütend, wie ihn Mc Kenzie noch nie gesehen hatte. Seine Augen funkelten so kalt, dass man Angst bekommen konnte.

Schritt für Schritt kamen Nora, der Mayor und Doc Watson auf sie zu.

Die Desperados hatten Lampen angezündet, so dass die Silhouetten der Menschen, die langsam auf sie zu kamen, gut zu erkennen waren. Vasquez würdigte die Leute keines Blickes, als er an ihnen vorbei ging.

Als sie endlich die Tür erreicht hatten, zog Mc Kenzie alle so schnell es ging nach innen.

Nora umarmte Mc Kenzie und hielt ihn lange fest. Er roch den frischen Duft ihres Haares und fühlte die Wärme ihres Körpers.

„Gott sei Dank ist Dir nichts passiert", sagte er.

„Wir sitzen hier wie in einer Mausefalle." Tom Foils sah vorsichtig nach draußen.

„Geht von den Fenstern weg und setzt Euch alle auf den Fußboden."

„Was werden die mit uns machen?", fragte Nora.

„Schwer zu sagen." Mc Kenzie überlegte.

„Wir können hier nicht raus. In ein zwei, drei Tagen haben wir nichts mehr zu trinken. Dann können sie irgendwann mit uns machen was sie wollen. Die Viehzüchter und Farmer bekommen die Ranch und das Wasser, ohne dass man sie mit diesen Banditen in Verbindung bringen könnte, wir und der Mayor sind tot und der Rest der Stadt ist einfach nur froh, dass alles vorbei ist!"

Doc Watson setzte sich zu ihnen.

„Die Ranch", murmelte Will Henson düster. „Alles geht nur um diese verfluchte Ranch. Ich werde diesen verdammtem Vertrag unterschreiben und irgendwo noch einmal von vorne anfangen."

„Der Vertrag allein wird denen nicht reichen. Sie werden alle Bewohner dieser Stadt umlegen, die wissen um was es hier geht", sagte Mc Kenzie. „Das macht einen Neuanfang für Sie ziemlich schwierig Henson!"

Auch der Sheriff sah Buck Henson an.

„So ist es", bestätigte er nur.

Nora schlug die Hände vors Gesicht.

Draußen wurde es langsam dunkel. Da hörten sie über sich ein leises Klopfen und Scharren.

„Was ist das?", fragte Doc Watson.

„Ich glaube da versucht einer durch die Decke zu kommen", meinte Cane Henson.

„Na, der wird sich wundern."

Buck stand auf und zog den Colt.

Da wurde der alte Henson wütend.

„Du scheinst ist es gar nicht abwarten zu können irgendjemanden umzulegen. Gib mir das verfluchte Ding her, bevor Du noch irgendwelchen Unsinn anstellst!"

„Das werde ich nicht tun", entgegnete Buck trotzig. „Ich habe es satt, die ganze Zeit herumkommandiert zu werden. Cane ist Dein Liebling Pa. Er darf alles und wenn es Schmutzarbeit zu verrichten gibt dann muss ich das tun. Jetzt ist Schluss damit. Hörst Du Pa, ich mache in Zukunft das, was ich will!"

Das Kratzen und Hämmern wurde etwas lauter. Kalk rieselte von der Decke.

„Bleibt an den Fenstern und passt draußen auf", befahl der Sheriff Foils und Cane Henson. „Mc Kenzie und ich kümmern uns um den Deckenbesuch!"

In der Dunkelheit waren nur die Umrisse der Anwesenden zu erkennen. Mc Kenzie ließ Nora los und stellte sich neben Hammer.

„Jetzt ist er gleich durch", flüsterte er.

Da brach auch schon ein größeres Stück Mauer auf den Boden. Gleich darauf vernahmen sie eine gedämpfte Stimme von oben.

„Hammer."

„Adlerfeder?", fragte der Sheriff erstaunt.

Sie halfen dem Apachen das Loch zu vergrößern -, bis ein Mann bequem hindurch passte.

Der Indianer glitt nach unten.

„Wollen die Bleichgesichter hier unten bleiben, oder wollen sie mit dem großen Häuptling auf Kriegspfad gehen?"

„Du meinst über die Dächer?"

Der Indianer nickte. Er sah Hammer an.

„Weg damit", sagte der nur und nahm seinen Arm aus der Schlinge.

„Mister Henson, Sie und Ihre Söhne bleiben hier und bewachen das Office. Wenn wir auf dem Dach sind fangen Sie ungefähr eine Minute lang zu schießen an, damit die Kerle abgelenkt sind. Wir versuchen in dieser Zeit auf das nächste Dach zu kommen und knöpfen uns dann diese Burschen vor."

„Ich werde nicht hierbleiben", erklärte Buck Henson. „Ich gehe mit!"

„Du bleibst hier!"

„Nein Pa, dieses Mal nicht. Du wirst mir nie mehr sagen was ich zu tun oder zu lassen habe!"

„Na gut", sagte der Sheriff. „Dann nehmen Sie seinen Platz am Fenster ein Mayor. Lasst Euch nicht erschießen, die Kerle sind den Umgang mit der Waffe gewohnt. Und jetzt hilft mir mal einer dieses verdammte Loch hinauf!"

Sie stellten einen Stuhl auf den Tisch und schoben den Sheriff durch die enge Öffnung in der Decke. Kaum war er verschwunden, folgten ihm Foils und Mc Kenzie nach.

Oben angekommen lagen sie auf ihren Bäuchen auf dem Flachdach des Gebäudes und warteten darauf, dass der alte Henson und die Anderen endlich zu feuern anfingen.

Wie auf ein Kommando fielen plötzlich Schüsse durch die Nacht. Sie warteten noch einen Moment, zogen ihre Stiefel aus und nahmen Anlauf. Das nächste Gebäude war zweistöckig, aber etwas weiter unten lief eine bedachte Veranda rund um das Haus.

Adlerfeder sprang als erstes. Dann folgte Buck Henson, dann Mc Kenzie und als sie alle auf dem Vordach lagen, warteten sie auf Tom Foils. Sein schwarzer Schatten kam auf sie zugeflogen. Sie mussten ihn an den Schultern packen weil er ansonsten hinunter gefallen wäre. Als sie ihn hochgezogen hatten, schnaufte er hörbar. Er hatte sich als einziger sein Gewehr auf den Rücken geschnallt. Jetzt nahm er es herunter und prüfte die Ladung. „Früher", knurrte er dabei, „wäre mir das nicht passiert".

Auf allen Vieren krochen sie über die Veranda. Es war so dunkel, dass sie nur die Füße des Vordermannes sahen. Ab und zu knarrte eine Diele. Sie warteten, ob sich etwas rührte und krochen dann weiter.

Auf der Rückseite des Gebäudes schlugen sie eine Scheibe ein und stiegen in das Zimmer.

Leise öffneten sie die Tür. Unter ihnen waren gedämpfte Stimmen zu hören. Adlerfeder hielt seine Hand dicht vor Mc Kenzies Gesicht. Er zeigte mit drei Fingern nach oben. Mc Kenzie gab das Zeichen weiter. Leise schlichen sie, dicht an der Wand entlang, die Treppe nach unten.

„Warum räuchern wir die Burschen nicht einfach aus", sagte eine Stimme halblaut aus einem der Zimmer vor ihnen. „Ein paar Lampen und brennendes Petroleum und der ganze Spuk hat ein Ende."

„Weil Du tot bist, sobald Du mit etwas Brennendem auf die Straße gehst, und weil wir den Alten lebend brauchen, deshalb."

Adlerfeder zog sein Messer und hielt es den anderen unter die Nase. Dann huschte er auf die andere Seite der Türe.

Mc Kenzie nahm den Türknauf in die Hand und drehte ihn ganz langsam herum.

Hinter sich spürte er den Atem von Buck Henson und Foils. Es quietschte leise.

„Was war das verdammt noch mal?"

Drinnen war es schlagartig still.

Mc Kenzie blieb reglos stehen.

„Vielleicht eine Maus."

Es vergingen ein paar Minuten in denen sie kaum zu atmen wagten.

„Vermutlich hast Du Recht."

Mc Kenzie wartete noch etwas und drückte die Tür dann ganz vorsichtig einen Spalt weit auf.

Die Desperados saßen im Dunkeln. Vermutlich hatten sie die Aufgabe sicherzustellen, dass niemand durch die kleine Seitenstraße flüchten konnte.

Mc Kenzie drehte das Knife um und machte ein Zeichen. Er stieß die Tür vorsichtig weiter auf und sah sich blitzschnell um. Hinter ihm huschte Adlerfeder geräuschlos ins Zimmer. Die Kerle waren viel zu überrascht um Gegenwehr zu leisten. Sekundenbruchteile später war die schmutzige Arbeit getan.

„So, am Besten ist es, wir teilen uns auf", erklärte Foils leise.

"Buck und ich nehmen uns das rechte Gebäude vor und Ihr steigt in das Linke ein. Ich denke es kommen nur Häuser infrage die im direkten Sichtkontakt zum Office sind."

So kletterten Hammer und Mc Kenzie in das nächste Gebäude und Foils und Buck

Henson gingen, in einem großen Bogen um das Office herum, um in das andere Haus zu gelangen.

„Wo ist eigentlich Dein roter Freund abgeblieben?", flüsterte Mc Kenzie als sie sich durch die Zimmer vor arbeiteten."

„Eine gute Frage", gab Hammer zurück.

Die Stadt war völlig dunkel. Die Bewohner hatten sich ängstlich in ihre Häuser verkrochen.

Nur ab und zu bellte ein Hund. Sie stiegen über Gartenzäune, krochen durch kleine Hecken und waren endlich kurz vor Millers Store.

"Es gibt zwei Hintereingänge", flüsterte Mc Kenzie. ."Ich gehe hier rein und Du nimmst den um die Ecke."

Die Tür war verschlossen. Mc Kenzie nahm sein Messer und machte sich am Schloss zu schaffen. Das Holz knirschte und knackte. Mc Kenzie schwitzte. Die Geräusche waren in der Stille der Nacht viel zu gut zu hören.

Er trat etwas zur Seite um kein Ziel zu bieten und da knallte es auch schon.

Die Tür hatte dort zwei Löcher wo er gerade noch gestanden hatte.

Sein Peacemaker spuckte Blei und drinnen hörte man einige Schritte und gedämpfte Stimmen. Er schoss noch zweimal um den Anderen die Gelegenheit zu geben unbemerkt ins Haus zu kommen. Dann fielen drinnen noch ein paar Schüsse und etwas schlug dumpf auf dem Boden auf.

„Nicht schießen Mister", hörte er eine fremde Stimme.

Er trat mit Wucht die Tür ein und duckte sich hinter einem Pfosten.

"Du kannst reinkommen", sagte Hammer leise. "Alles klar."

Mc Kenzie betrat den Lagerraum. Eine kleine Petroleumlampe brannte und verbreitete ein wenig Licht. Die Fenster waren mit dunklen Vorhängen abgedeckt, so dass kein Lichtschein nach draußen drang.

Ein Desperado mit nietenbeschlagenen Hosen und großen Sporen lag am Boden. Ein anderer stand mit erhobenen Armen daneben.

"Das hätte schief gehen können", sagte der Sheriff. ."Wenn Adlerfeder nicht so schnell gewesen wäre... "

„Adlerfeder? Wo kommst Du den plötzlich her? Und überhaupt dachte ich, dass Apachen nachts nicht kämpfen!"

Der Indianer sah ihn kurz an. „Nur schlimm, wenn Du getötet wirst!"

Mc Kenzie sah sich die Gefangenen an. Sie trugen das Holster sehr tief und hatten schmale, flinke Hände. Einer von ihnen war noch sehr jung und hatte jetzt Angst, dass konnte man deutlich sehen.

"Was macht ein junger Bursche wie Du bei solch einem Haufen?", fragte er ihn.

Der Junge biss sich auf die Unterlippe und sagte kein Wort.

"Wo ist Vasquez?"

Der Gunman schwieg.

„Nun gut", meinte Hammer.

„Wir haben die ganze Nacht Zeit und unser Freund hier ist bekannt dafür, dass er noch jede Zunge gelöst hat."

Der Apache nahm langsam sein großes Messer aus dem Gürtel und ging auf den Jungen zu.

„Nein!", flüsterte der, „bitte nicht!"

„Vasquez?", fragte Hammer noch einmal.

„Im Hotel."

„Na also", der Sheriff klopfte dem jungen Desperados auf die Schulter.

„War doch ganz einfach, oder?"

Da hörten sie plötzlich Foils Riffle brüllen und ein paar Pistolenschüsse peitschten durch die Nacht. Sie löschten das Licht und eilten ans Fenster, aber außer den dunklen Silhouetten der gegenüber liegenden Häuser war nichts zu sehen.

„Wenn ich richtig gezählt habe hat Tom zweimal geschossen."

Mc Kenzie nickte.

„Das bedeutet Zwei weniger."

Adlerfeder hob die Hand. „Nur noch Fünf", meinte er.

"Allan, geh Du nach vorne und behalte das Hotel gegenüber im Auge. Du Adlerfeder gehst so schnell wie möglich zum Hintereingang des Hotels. Wir müssen verhindern dass Vasquez entkommt. Und lass Dich nicht von Foils erschießen."

Der Apache verschwand.

Mc Kenzie machte es sich hinter der großen Schaufensterscheibe bequem, während Hammer den Jungen und den anderen Desperado an einen Stützbalken des Lagers band.

„Jim, Ben, Enrique, verdammt noch mal wo steckt ihr?", hörte Mc Kenzie Vasquez Stimme. Offensichtlich wurde ihm langsam klar, dass etwas schiefgelaufen war.

Die Tür des Hotels wurde geöffnet. Mc Kenzie zerschlug mit dem Lauf seines Peacemakers das Glas und während die Splitter auf ihn herabregneten, schoss er zweimal.

Die Tür gegenüber wurde wieder zugeschlagen. Minuten später ertönten auf der Rückseite des Hotels ebenfalls Schüsse. Spätestens jetzt musste es Vasquez klar sein, dass er in der Falle saß.

Hammer stellte sich hinter Mc Kenzie und half ihm die Scherben aus der Kleidung zu schütteln.

"Was machst Du eigentlich wenn das alles hier vorbei ist?", fragte der Sheriff.

Mc Kenzie lächelte.

"Nun ", antwortete er, „ich dachte daran Nora zu heiraten und hier vielleicht als Hilfssheriff zu arbeiten. Falls Du einen guten Mann brauchen kannst", fügte er hinzu.

Hank Hammer klopfte ihm auf die Schulter.

"Ich denke, das lässt sich machen", sagte er.

Der Rest der Nacht verlief ruhig. Hammer kontrollierte ab und zu den Sitz der Fesseln der Gefangenen und kam dann wieder zurück. Sie rauchten eine Zigarette und warteten darauf dass es dämmerte.

Adlerfeder kam gegen Morgen noch einmal vorbei. Es war alles in Ordnung. Tom Foils und Buck Henson bewachten den Hinterausgang des Hotels.

Als es im Osten heller wurde, überprüften sie noch einmal ihre Waffen.

„So", sagte Hammer, „bringen wir es hinter uns."

Er öffnete die Tür einen Spalt weit.

„Vasquez!"

„Was gibt es Sheriff?"

Der Mexikaner hatte vermutlich genauso wenig geschlafen wie sie.

„Wirf die Waffen weg und komm mit Deinen Leuten raus. Es ist vorbei, Du hast keine Chance mehr!"

„Das werden wir ja sehen Sheriff. Ich komme jetzt, macht keine Dummheiten sonst stirbt sie!"

Hammer und Mc Kenzie sahen sich an.

„Vermutlich hat er Sue", überlegte Hammer.

Und so war es.

Die Tür des Hotels flog auf und heraus kam der Mexikaner und die anderen drei Desperados die noch am Leben waren. Offensichtlich hatten Henson, Adlerfeder und Foils noch mehr von ihnen erwischt als sie gedacht hatten.

Vasquez stand breitbeinig auf der Veranda. Seine Hände lagen direkt über den tiefhängenden Colts.

Seine Leute blieben dicht hinter ihm. Einer der Burschen hatte eine feuerrote Narbe quer über sein Gesicht und hielt eine Winchester im Anschlag. Der andere, ein Mexikaner trug einen doppelten Patronengurt quer über den Leib. Hinter ihm war der dritte, der Sue Harper im Arm hielt und ihr den Pistolenlauf an die Schläfe drückte.

Mc Kenzie erhob sich.

„Bleib unten verdammt noch mal", flüsterte Hammer eindringlich, aber Mc Kenzie hörte nicht.

Er stieß die Tür mit der Stiefelspitze auf und trat ins Freie. Im gleichen Augenblick kamen Buck Henson und Tom Foils um die Ecke, die Waffen im Anschlag.

„Wir lassen Dich nicht gehen Vasquez", erklärte Mc Kenzie bestimmt und sah in die harten Augen des Pistoleros.

„Du hast nur eine Chance."

„Und die wäre Gringo?"

„Lass uns die Geschichte wie Männer austragen und hör auf Dich hinter Weiberröcken zu verstecken!"

„Welche Garantien habe ich?", fragte Vasquez finster.

„Du hast mein Wort. Wenn Du mich erledigst, kannst Du gehen wohin Du willst. Deine Männer allerdings bleiben hier."

Die Desperados wurden unruhig. Da schoss Foils ohne Vorwarnung. Der Gunman der Sue Harper festgehalten hatte, drehte sich um die eigene Achse und fiel krachend auf die Bretter. Auch Hammer zog den Abzug durch und der Outlaw links von Vasquez stürzte zu Boden. Der Andere hob erschrocken beide Hände.

Mc Kenzie hatte den Mexikaner während die Schüsse fielen, nicht aus den Augen gelassen. Er hatte sich nicht gerührt. Sue Sharp stand noch immer da. Sie war kalkweiß im Gesicht und zitterte wie Espenlaub.

„Also gut Mister Crown."
"Allan Mc Kenzie."
"Mc Kenzie aus Colorado?"
"Ja."

„Ich hab schon von Dir gehört. Ich bin einverstanden."

Mc Kenzie machte einen Schritt nach vorn und trat in den Staub der Main Street.

Langsam kam der Mexikaner die Stufen der Veranda hinab.

Sie waren keine 10 Yards mehr voneinander entfernt.

Atemlose Stille lag über der Stadt. Dann setzten sie sich in Bewegung.

Mc Kenzie fühlte jedes Mal das Gleiche bei diesen Duellen: Es war ihm, als stünde die Zeit still. Alles verlor seine Bedeutung, alles, bis auf die klar umrissene Gestalt des Mannes vor ihm. Nichts existierte mehr außer den zwei Augen, die starr und gnadenlos auf ihn zukamen. Es waren Augenblicke seltener Klarheit in denen sein Bewusstsein schon die kleinste aller Bewegungen zu erkennen vermochte. Keine Angst, in diesen Augenblicken fühlte er keine Angst.

Vasquez zog zuerst.

Mc Kenzie sah es am Aufblitzen seiner Augen. Wie von selbst flog der Peacemaker in seine rechte Hand. Zwei Schüsse peitschten durch den Morgen. Nichts geschah. Dann fiel der Mexikaner langsam vornüber. Sein Gesicht war bereits leer als er im Staub der Mainstree aufschlug.

Drüben aus dem Office erklang ein Schrei und aus den Augenwinkeln heraus sah Mc Kenzie wie Nora mit wehendem Kleid auf ihn zu rannte. Er wusste jetzt würde alles gut werden. Er war angekommen und er hatte nicht vor, so schnell wieder von hier fortzugehen.